魔王様、リトライ！

6

キラー・クイーン

エンジェル・ホワイト

ユキカゼ
桐《きり》野《の》悠《ゆう》
ミンク
エビフライ・バタフライ
ルナ・エレガント
アク
イーグル

Maousama Retry!

魔王様、リトライ！ 6

神埼黒音
Kurone Kanzaki

[ill] 飯野まこと
Makoto Iino

魔王様、リトライ！6

八章　魔王の帰還

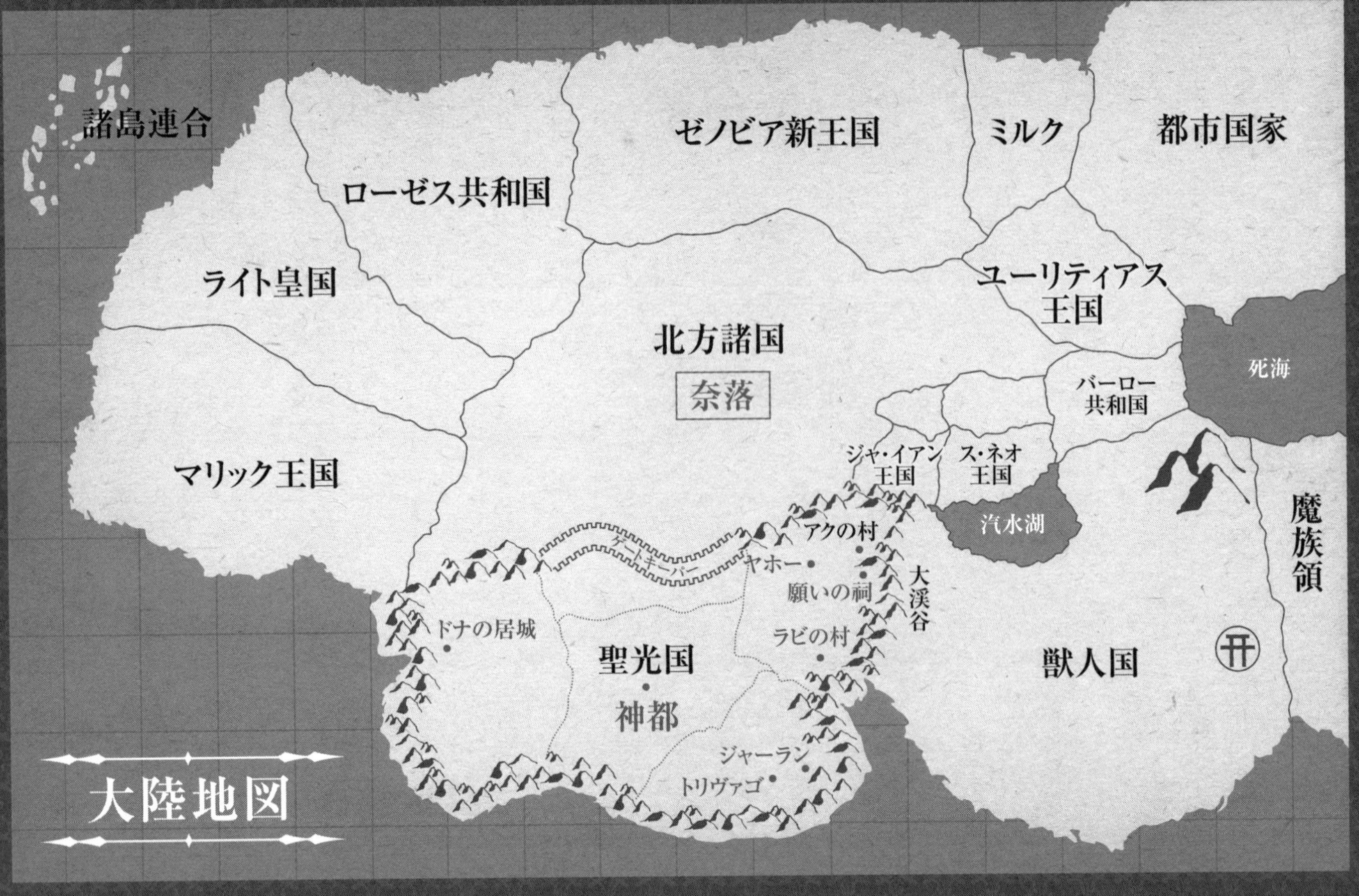
大陸地図
諸島連合
ゼノビア新王国
ミルク
都市国家
ローゼス共和国
ライト皇国
ユーリティアス
王国
北方諸国
奈落
死海
バーロー
共和国
マリック王国
ジャ・イアン
王国
ス・ネオ
王国
汽水湖
アクの村
ゲートキーパー
ヤホー
願いの祠
大渓谷
魔族領
ドナの居城
ラビの村
聖光国
神都
獣人国
ジャーラン
トリヴァゴ

魔王様、リトライ！には
3つの世界が存在している！

物語の舞台。
地球と似た環境であり、言語なども日本に類似するものが多い。
大野晶はこの異世界へと飛ばされ「魔王」として生きていくことになる。

遠い時代、誰かが作った世界。
そこは神が見放し、天使が絶望する世界。

現在の地球。
大野晶は現代日本で生活していた。
2016年を境に、
その後は語られていない。

大野晶が運営していた大規模ゲーム。
1週間もの間、リアルタイムと連動する会場に
集められた他プレイヤーと殺し合い、
生き抜いていく地獄のような内容であった。
最後まで生き残った1人が、優勝者となる。
会場が終了する度、レベルやステータスはリセット。
プレイヤーは新しい会場が開催される度に、
「リトライ」――――
常に再挑戦を強いられる事となった。

八章

魔王の帰還

台風一過

――獣人国　王宮――


会議室から、次々と獣将たちが去って行く。

その表情は喜んでいる者や、顔を真っ赤にして怒り狂っている者、憂い顔の者、何も考えてなさそうな者まで様々だ。先程まで、獣将たちは〝事の顚末〟について報告を受けていた。

無論、ベルフェゴールとの一件について、である。

会議は紛糾し、猿人たちの暴走を責める者や、逆に諸手を挙げて喝采を送った者、中には何故、自分たちを加えなかったと怒りを露にする者までいた。

獣将たちの意見が食い違うのは今に限った話ではなかったが、今回は場を纏める龍人が不在であったため、結論は出ないまま解散となった流れである。

「ウッキッキ！　奴らの顔を見たか？　俺様の活躍を聞いて顔が歪んでたゾ」

「今回は旦那の独壇場でさぁ。ただ、タツ様が不在だったのは気になりやしたが…………」

会議室の奥から、猿人の長たるモンキーマジックと、その知恵袋であるシャオショウが現れた。

片方は肩で風を切り、もう片方は気がかりな様子である。

「タツ様も、今頃は俺様の活躍を喜んで下さってるゾ！」

「旦那は単純で羨ましいんでさぁ…………」

騒ぐ2人をよそに、廊下には涙目で突っ立っている女がいた。モンキーマジックとは文字通り、犬猿の仲である〝犬〟の名を冠する獣将だ。

「おっ、鼻が御自慢の犬コロが泣いているゾ。俺様の活躍が目に染みたか？　ん～？」

「…………っ」

「ウッキッキ！　俺様の偉大さが理解できたか？　なら、3回まわってワンと鳴けゾ！」

「…………覚えていろ。このままじゃ、済まさない」

女は涙目でそれだけ告げると、「うワーン！」と泣きながら去っていく。

その後ろ姿を、猿と河童が手を叩いて大笑いした。

「見たか、ハゲマル！　あの犬コロの悔しそうな顔を！」

「ゲッヒッヒ！　あれこそが負け犬ってやつでさぁ！　あと、俺っちはハゲてねぇ！」

――――馬鹿が、馬鹿面で、馬鹿声をあげるな。

わいわいと騒ぐ2人の背に、氷のような声が掛けられた。

シャオショウは肩を竦ませ、モンキーマジックは機械仕掛けの人形のようにぎこちなく、首を回す。そこに立っていたのは、〝蛇〟の名を冠する獣将であった。

薄水色の髪に、同じ色を湛えた瞳。

その視線は何処までも鋭く、纏っている空気までカミソリのような女であった。容貌こそ美しいが、冷たさと酷薄な雰囲気の方が勝っている。

「ナ、ナナナナナナーギーさん…………」

　モンキーマジックはごくりと唾を飲み込みながら、直立不動の姿勢で〝蛇〟と向き合う。この粗雑さと野卑《やひ》を絵に描いたような男であっても、そうせざるを得ない空気を女は纏っていた。

「馬鹿声を聞かせるなと言った。口を閉じろ」

　空気だけでなく、その口から出る言葉も凍えるような内容である。薄水色の髪が何本か蛇のようになり、その先端から赤い舌をチロチロと覗かせた。

　シャオショウは嵐が過ぎ去るのを待つように身を縮こませ、モンキーマジックは直立不動の姿勢のまま、顔を真っ赤にさせていた。

「今回はタツ様の帰還を待ち、追って沙汰を下す」

「ナ、ナナナナナーギーさん……！　その、俺は…………！」

「口を開くな。返事は」

「は、はははははいッ！」

「いちいち詰まるな、うっとおしい。馬鹿か？　馬鹿だったな。死ね」

　ナーギーと呼ばれた女は、心底から汚らわしいものを見るように吐き捨てる。彼女は主に国内の監視を仕事としており、最も恐れられる存在であった。

　最近では一部の住人たちが、人間と裏で取引しているとの噂が流れており、その監視は年々、厳しくなりつつある。

　彼女は領内のあちこちに監視網を敷き、密告なども大いに推奨している。厳格なまでに法と、風紀を取り締まる姿は冷酷などを超え、もはや残酷と呼べるレベルにあった。

「ナ、ナナナナーギーさん、お、俺は、いつも、貴女の、ために！」

「お前は頭のてっぺんから、足の爪先まで全てが不要な男だ。馬鹿が服を着て歩いているとは、お前のことを指す言葉でもある」

「○△×□〜〜〜！」

「ただ、まぁ…………頭のアクセサリーの趣味だけは、良くなったようだな」

「────ッッッ！」

それだけ言うと、ナーギーは音もなく立ち去り、呆然とする２人だけが残された。

シャオショウはやれやれといった姿で皿に浮かんだ汗を拭き、モンキーマジックは肩を震わせ、何かに耐えているようであった。

「き、聞いたか、ハゲマル！」

「旦那ぁ……言いたいことは大体判るんで、何も言わねぇでくれやすか？」

「ナ、ナナナナーギーさんが！　俺を褒めたゾ！」

「いや、どう聞いても褒めてはいなかったんでさぁ…………」

シャオショウはこれだから、と言った風情でトボトボと歩き出す。モンキーマジックは１人、浮かれた様子でその背を追った。

「俺の！　頭の！　これを！　褒めたゾ！」

「それ、邪神からの呪いだってことを忘れてねぇですかい？」

「ナ、ナナナナーギーさんのあの目！　完璧に、俺に惚れた目だったゾ！」

「俺っちが思うに、あれは汚物を見る目だったんでさぁ………」

「ウッキッキ！　ハゲマル、俺がモテるからって嫉妬するな！」

河童の背を何度も叩きながら、猿が哄笑《こうしょう》する。

まさに、やれやれと言った光景であった。

「旦那ぁ、あの女は恐ろしいですが、1つだけ欠点がありやして………」

「欠点？　あの美しいナナナナーギーさんに欠点なんてないゾ！」

「小物集め……それも、妙なもんばっか拾っては、家に持ち帰ってるって噂なんでさぁ」

シャオショウの言う通り、ナーギーの趣味は小物集めであった。

それも、奇妙な形をした石ころであったり、変な葉っぱであったり、何の変哲もない貝殻や、100人が見て、100人がダサいと思うアクセサリーであったりと、様々である。

要するに、彼女が「イイ！」と思った小物は総じて役に立たないか、ダサいのだ。当然、魔王が装着させた〝緊箍児《きんこじ》〟も、その造詣はお洒落からは程遠い。

「い、家に、持ち帰る………ナナナナーギーさんが、俺、を………」

「旦那ぁ、人の話を聞いてやしたか？　要するに、その頭のは」

「ウッキーーーー！　俺様のモテモテ伝説の始まりだゾ！　戻って、まずは毛繕いゾ！」

「ダメだ、こりゃ………」

処置なし、と言った風情でシャオショウはぼちぼちと歩き出す。モンキーマジックは浮かれたように飛び跳ねながら、忙しなく体を宙に舞わせた。

この日、会議で決まったことはただ、1つ。

魔族領に囚われていた人間たちを、早急に人間たちの国へ送還するということであった。別に温情でも何でもなく、人間など〝不要〟だったからである。

いても何の役にも立たないばかりか、目障りでもあるという理由であった。

無論、これらは神域に住まう〝大神主様〟が関わっている案件であるというのが大きい。でなければ、彼らの運命はどうなっていたであろうか。


――――獣人国　拠点「秘密基地」――――


辺りの騒乱から忘れられたように、その拠点は無言で佇んでいた。

誰も気付かない、誰も気に留めない、視界の中にあっても、それは認識の外にあるもの。故に中でどれだけ人が騒いでいようと、その声が外に漏れることもない。

「へっへっ……美味そうな体をしてんじゃねぇか…………」

「キエエエエエエ！」

魔王が拾ってきた、《影茸》と呼ばれるキノコにケーキがにじり寄る。

キノコの方は奇声を上げていたが、ケーキはお構いなしに両手をワキワキさせ、飢えた猛獣のようにその瞳を輝かせていた。

「叫んだって誰も来ねぇんだよ…………諦めな。ここでお前は喰われんだ」

「キエエエ！」

「ひゃーはっはっ！　泣け！　叫べ！　アタイの口ん中で、ぶち犯してやらぁ！」

「キィィエエエエエエエエエエエエ！」

――――バタン、と。

そこへ、ノックもせずに唐突に闖入者《ちんにゅうしゃ》が現れた。

無論、この拠点を設置した魔王である。その姿は決戦時のままであり、髪の色から服装、容貌や声まで、何かもかも全てが違う。

「ぎぃえぇぇぇぇぇぇ！　誰だぁぁぁてめぇぇぇぇッ！」

「キエエエエエッぇぇぇエエエエエエエエエエエエエエエエ！」

「…………うるせぇぞ」

戻った途端、叫び声と奇声に出迎えられ、魔王が顔を顰める。

秘密基地は都会の喧騒を忘れ、優雅に過ごすことがコンセプトでもあるのに、雰囲気が台無しであった。

「だ、だだだだ誰なんだよ、てめぇは！」

ケーキはヘンゼルが持っていたナイフを握り締め、声を震わせる。彼女は戦闘に関するスキルなどを所持していなかったが、この男の前では、とても素手ではいられそうになかった。

「あぁ、そうか。まだ姿を解いていなかったんだったか…………」

魔王の周囲に黒い霧が立ち込め、それらが黒い羽となって一面に舞い散る。幻想的な羽の乱舞の中、そこに立っていたのはいつもの魔王であった。

「へっ…………？　ま、魔王様、なんですか…………？」

「他の誰に見えると言うんだ。それより、私は風呂に入って少し休む」

「は、はい…………」

「お前も、休息を取っておけ」

言いながら、魔王はロングコートを椅子にかけたかと思うと、乱暴な手付きでスーツを脱ぎ、ネクタイを外し、シャツをてきぱきと脱いでいく。ケーキは姫らしく、咄嗟に両手で顔を覆ったが、抜け目なく指の隙間から魔王の肉体を観察していた。

（こいつ、やっぱりパねぇ……んだよ、その体は…………！）

全身が巌《いわ》のようであり、それでいて肉食獣を思わせるようなバネのある肉体であった。魔王はケーキのことなど幼稚園児か、小学校の低学年とでも思っているのか、遠慮なく下着姿になり、かまくら風呂へと向かっていった。その肉体は去った後も異様な余韻を残すものがあり、ケーキは演技ではなく、本気で赤面してしまう。

魔王が去ったあと、ケーキは肩から力を抜き、ホッと一息ついた。

「マジで化物じゃねぇか……さっきの羽とか、何なんだよ……つか、デケェよ……色々……」

「キェェェ………（同意）　キェ!?（驚愕）」

ケーキは無言で茸にナイフを突き刺し、竹串に通して火にくべる。

そして、乱雑に脱ぎ捨てられたスーツやシャツを綺麗に畳んでいく。忌々しいとは思うのだが、体が勝手に動いてしまうのだ。

これも悪魔に仕えるべく、教育されてきた結果の1つであろう。

暫くして魔王が風呂から出てきたが、真っ白な豪華なガウンを纏っており、ケーキを少しホッとさせた。あの下着姿でうろつかれては目のやり場がない。

綺麗に畳まれた衣服を見て、魔王は一瞬、驚いたように目を見開く。

「ほぅ、随分と手際が良いな。私の衣服は汚れも勝手に浄化されるが、お前の服も一度、しっかりと洗濯しておかねばな」

「い、いえ！　私の服は風呂で洗わせて頂きましたので………」

「良いから脱げ。ここにいる間は、代わりにこれでも着ておくといい」

魔王はクローゼットから小さな白いガウンを取り出し、ケーキへと放り投げる。まさに、都会から離れてのんびりと暮らす、豪華な空間であった。

「脱いだ服はここに放り込んで、このボタンを押せ」

「え、えぇと……これは何でしょうか？」

「ドラム式の洗濯機だ。乾燥からシワ取りまで、全て自動でしてくれる」

「は、はぁ…………はい？　いえ、はい！」

ケーキには魔王が何を言っているのか判らなかったが、逆らわずに頷く。この洗濯機も当然、大帝国製のものであり、秘密基地の雰囲気を壊さないように細工が施されてある。

そのボディは木製であり、木目も壁に溶け込むように設定されていた。

放り込んでおけば、10分で洗濯から乾燥、シワ取りまでしてくれる優れものである。

「では、私は少し休む。それと、喉が渇いたらこれを飲むといい。良いか？　これは料理や酒の味を引き立たせる神聖な水だ。健康面にも配慮された逸品だからな。良いな⁉」

取り出したのは、またしても《富士の名水》である。

呪いの水だの何だのと、散々に言われたことを忘れていないのだろう。その口調は意地でも、この水を認めさせたいというものに満ちていた。

「は、はいっ。お休みなさいませ！」

魔王はそのままロフトへと上がり、木製のベッドに寝転がった。残されたケーキは綺麗に焼き上がったキノコに齧り付き、乱暴な咀嚼音を響かせる。

（うんめぇ…………！　久しぶりのご馳走じゃねぇか！）

口の中に放り込んだ途端、肉厚の食感が口内を心地良く刺激する。

かつて一国の姫君であったケーキも、獣人国でしか手に入らない《影茸》を口にしたのは、はじめてのことであった。柔らかい肉感と、噛めば噛むほどに溢れ出す汁が口内を遠慮なく蹂躙していく。空腹は最高のスパイスと言うが、このキノコに限っては満腹であっても絶品であろう。

（はふっ、ほふっ……あち！　あちちっ！）

次々とキノコを頬張り、ケーキの顔に満面の笑みが浮かぶ。何の心配もなく、周囲からの視線も気にせず、食事を取れたことなどいつぶりだろうかと。

口内の熱さを冷まそうと、ケーキは桶に入った水を柄杓で掬い、その可憐な唇へと運ぶ。

瞬間、全身に染み渡るような回復力が広がっていった。

「うぉぉお…………！　うんめぇぇぇぇ！　何だ、この水！」

その味は透き通った水でしかないのだが、これまでの疲労が一瞬で溶け果てていくような感覚にケーキは演技も忘れ、素の声で叫ぶ。

「くっはぁぁあ……！　たまんねぇーー！」

唇から滴る水を拭いながら、ケーキはキノコを喰らっては富士の名水を喉に流し込む。

まさに、至福の時間であった。ロフトで暢気に寝転がっていた魔王も、その声を聞いて苦笑いを浮かべるしかない。

(表の顔と、裏の顔、か…………まぁ、俺も他人のことは言えんわな)

この男も様々な名前や異名、時には姿形まで変えながら取り繕っているのだから、まさに同類といったところである。

魔王は寝転びながら管理画面を開き、状況を再確認することにした。そこに記された数値は、この男をして破顔させるに十分なもの。

ＳＰ残量、３０７８――

(これだけあれば、随分と自由が利くな…………)

ベルフェゴールとの戦闘や、城を破壊した時に残存していた魔物を一掃した結果であろう。

魔王は強奪してきた雷水を傍らに引き寄せ、一口含むと満足そうに目を閉じ、込み上げる眠気に身を任せた。

？日後――――

魔王は枕元で蠢く気配に目を覚ます。

目を開けると、そこには己の顔を覗き込むケーキがいた。

「お、おはようございます、魔王様っ！」

「…………ん」

「ずっと眠っていらしたので、心配しておりました」

「そうか。私はどれくらい寝ていた？」

「えっと、あれから3日経ちました…………」

この男はうつらうつらしながら、たまに雷水を口にしてはまた眠る、を繰り返していた。その結果が今日である。

数日寝ていたと聞けば、普通の人間なら驚きそうなものだが、魔王の表情は変わらない。

この男は不眠不休で働き、ブレーカーが落ちるように寝るという生活を何年も繰り返していたため、2日寝続けようが、3日寝続けようが平然とした面をしていた。

「久しぶりにゆっくり寝たな。良い朝ではないか…………」

「い、いえ……もう夜だったりします…………」

「夜だと？　では、また飲まねばな」

「えぇー…………」

魔王はグラスに雷水を注ぎ、ストレートで煽る。

数日寝続けた挙句、起きて早々に酒を飲む。

その姿を一言で表すなら、ただの〝穀潰し〟でしかない。

「あ、あの、そろそろ、出発しなければならないのでは…………？」

「…………いや、まずは風呂だ」

「えぇー…………」

魔王は乱暴に髪をわしわしと掻きながら、寝惚けた面でかまくら風呂へと向かう。起きて早々、風呂に向かうなど想像もしていなかったのか、ケーキも慌ててロフトから降りる。

「あ、あの、えっと…………お背中でもお流ししましょうか…………？」

「要らん。お前も檜風呂にでも浸かってくるといい。朝風呂は最高に気持ちが良いぞ」

「い、いいえ、もう夜です…………」

ケーキにそれだけ告げると、魔王はかまくら風呂へと向かい、ドワーフの家から強奪してきた火酒を取り出す。風呂に浸かりながら酒を楽しむつもりであるらしい。かけ湯を使って顔や全身を洗い流すと、魔王は酒の入った桶を抱えながらかまくら風呂へと遠慮なしに浸かる。

「ふぅー……相変わらず、良い湯だ」

湯が全身をポカポカと温め、心にも侵入してくる。この風呂の特性でもある「男の充実感」が胸を浸していくのだ。

湯に浸かっているだけで、充実感を得られる。その心地良さと手軽さは、麻薬めいた危なさを含んでいると言っても過言ではない。

「ふぅー。このところ、働きすぎだったからな……やはり、労働の後には休日が必要だ。いやー、働いた。三千世界を見渡しても、これほど働いた男は他にいまい」

言いながら、魔王は火酒が入ったグラスに桶から掬った湯を注ぎ入れる。

所謂、お湯割りであった。元々、ホットブランデーという飲み方があるように、ブランデーは温めると香りと味が引き立つ効果がある。

「うん、この酒は色んな飲み方を試したくなるな。働き者の私に相応しい酒ではないか」

かまくら風呂がもたらす効果がそう言わせているのか、素なのか、どちらにしても極楽トンボといった風情である。

働いたといっても、この男はヘンゼルという悪魔を煽りながらタコ殴りにし、魔族領に花火を無秩序に打ち上げ、領内の王であるベルフェゴールを踏み潰し、あまつさえその居城をついでのように木っ端微塵に破壊しただけなのである。

働き者どころか、傍目から見たその姿は、単なる破壊神でしかない。

今の極楽トンボな様も併せると、そこには〝穀潰しの破壊神〟という恐るべきパワーワードが浮かび上がってくる始末である。

「さて、オルガンにも一度連絡しておくか…………」

魔王は上機嫌な様子で火酒を煽り、オルガンへと《通信》を飛ばす。これまで、何度も通信をしていたせいか、すぐさま反応が返ってくる。

《私だ。あれからの動きを聞かせてくれ》

《今は国境のアーサーの砦にいる。お前のお陰で、ルーキーの街は大変な騒ぎらしい》
《騒ぎ？　私が何をしたというのか》
《第一に囚われていた人間たちを、ミンクに運ばせただろう？　その後始末で、国も聖勇者も頭を悩ませているようだ》
それは茜がやったことだろう、と魔王は言いたかったが口を噤む。部下がやったことも、最終的には上司へと責任が回ってくるのだから。
それに、第二や第三にいた人間も、ルーキーの街へ送れと自身も言ってしまっている。
《奴隷にされていた者は身寄りのない者が多い。家もとうになくなっているだろうしな》
《なるほど…………》
魔王は今後も定期的に連絡するとだけ告げ、通信を程々に終わらせた。心地良い湯の中で、あまり難しいことを考えたくない気分でもある。
（まぁ、何とかなるだろう……いや、なるに決まっている。当然のことだ。ガハハ！）
男の充実感が頭をもたげ、曖昧なまま、根拠もなしに全て解決したような面持ちで魔王は火酒を口に含む。何も始まっていないのに、既に終わったような面構えであった。
（さて、後は田原に現状を聞いておくか…………）
魔王は次に田原へと《通信》を送り、近況報告を受けることにした。
待ってました、と言わんばかりに田原が上機嫌な声を上げる。
《いよう、長官殿からの通信を待ってたンだわ》

《ほぅ、何か良い報告でもあるのか？》
田原はラビの村の近況や、マダムとアーツの和解などを細かく報告していく。聞いている魔王は適当に相槌を打つだけであったが、村の経営が順調そうなことにホッと一息つく。
《面白ぇくらい、あんたの描いた絵の通りになっていくんだナ。気が付きゃ、中央の社交界と、犬猿の仲だった武断派が、仲良く手を繋いでダンスしてやがらぁ》
《…………さて、私には何のことだかサッパリ判らんな》
魔王が淡々と告げるものの、本当に判っていないのだから最高に性質《たち》が悪い。
中央の社交界と武断派が手を結ぶということは、この男が考えているより遥かに大きな政治的大事件なのである。決して交わることのなかった、金銀と武力が握手したに等しい。
それは、聖光国内の勢力図が一夜にして激変したことを意味する。形式上、両者の間に挟まり、仲介をしたのは聖女であるルナということになっているが、その内実は大きく違う。
マダムにせよ、アーツにせよ、両者は共に魔王から大きな恩を受け、仲介をしたルナですら、村やイーグルの件も含めて、巨大な恩恵を得ている。
もはや、この関係は魔王なくしては成り立たない。表には一切、出ないものの、見事なまでのフィクサーぶりであると田原はしみじみ思うのだ。
《聖女様を神輿に担ぎ、武力と金を握手させる。まったく、呆れるほどの辣腕ぶりだナ。俺にゃ、とても真似できねぇわ》
《…………お前の買いかぶりだ。私は何もしていないさ》

魔王は若干焦りながら返したものの、本当に何もしていなかったりする。

マダムとアーツの思惑がどうあれ、全て留守中に起きたことであって、この男からすれば本当の意味において、訳が判らない。

周回遅れすぎて、逆にトップを爆走しているように見えるだけである。

《うははっ！　確かに、世間から長官殿の姿は何も見えてねぇんだもんナ。でもまっ、裏で糸を引いてくれた方が、俺も何かとやりやすいってもんだ》

（裏で糸引いてんのは俺じゃなくて、お前だろッ！）

魔王は思わず叫びそうになったが、湯に顔を沈めて懸命に堪える。どんな事件が起ころうと、全て自分の思惑とされるのだから、この男からすれば堪ったものではない。

《その案件はさておき、こちらからも報告がある――》

魔王も話題を変えようと、魔族領での顚末を軽く告げる。

詳細を話せば細かく突っ込まれそうなため、表面的なことばかりであったが。

《魔族領、ね………あんたのことだ。気が遠くなるくらい、先を見越して動いてんだろうナ。茜まで呼んだみたいだしよ。こっちゃ、目の前の仕事で手一杯だっつーのに》

田原の愚痴とも何ともつかぬものを聞きながら、魔王はホッと一息つく。この件に関しては、あまり突っ込まれずに済みそうだと。

無論、田原は一種の確信を抱いて、この案件をあえてスルーしたに過ぎない。茜が動く時は、大物が何時の間にか裏で〝事故死〟するという、〝大物食い〟の設定によるものだ。

《まっ、茜が動く案件は長官殿に任せるさ。ただ、頭を痛めてる問題があってよ…………》

《問題？》

《前にも言ったんだが、人手が足んねぇンだわ》

声まで苦々しそうに田原が言う。

ルナから各種のギルドを通して労働者の募集をかけているものの、ラビの村は相変わらず人手不足の状態が続いていた。

ルナは癇癖が強い聖女として有名であったし、労働先が亜人の住む村とあっては、流石に腰が重くなるのであろう。募集が捗らないのも無理もない話であった。

当然、〝魔王を名乗る男〟の評判も、知らない人間からすれば胡散臭いものでしかない。

（人手不足か…………）

この問題に関しては、魔王としても身近にあった問題である。

現代の地球は大半の国で少子化が進み、社会のシステムに破綻を生みつつあった。

それは単純な労働力不足だけではなく、年金問題や、社会保障、医療費の高騰など様々な方面へ問題を生み出し、この男がいた２０１６年の日本においても、問題を解決するための糸口すら掴めていない状態である。

当時の日本政府が取った行動とは、傷口に絆創膏を張っておくような移民政策であり、海外の人間を集めて働かせるという場当たり的なものであった。血がドバドバと流れているところに、絆創膏を貼ろうと一時しのぎにしかならない。

（何だか気が付いた時には外食のチェーン店やらコンビニやら、店員さんが外国の人間なのが当たり前になってたもんなぁ………）

労働力を他国から掻き集める――――当面はそれで凌げるかも知れないが、抜本的な解決には繋がらない。安心して子を産める社会とは、最終的に国自体を富ませるしかないのだから。

それらを踏まえ、魔王は声だけは重々しく、ふわっとしたことを口にする。

《当面は、外から引っ張ってくるしかないだろうな………》

何のことはない。

この男も無能な政治家たちと同じく、絆創膏を張って問題から逃げ出そうとしていた。

《外からっつーことは、長官殿には何かアテでもあんのかぃ？》

《………アテなら………………ある。造作もないことだ》

《マジかよ！　すぐに送ってくれ！　人がいねぇから、工事が思ったように進まねぇンだわ》

魔王の頭に電撃のように閃いたもの――――それは奴隷市に囚われていた人間であった。

これを使えば、当面の〝絆創膏〟にはなり得るであろう。

《その件に関しては、追って連絡しよう》

《そっかそっか！　んじゃ、後のことは任せてくれや！》

魔王はそそくさと通信を切り、オルガンへ再度、通信を送る。

行き場のない奴隷たちを村に送るよう指示した後、深々と息を吐いた。

（はぁ……これで何とかなる、か？　いや、なるだろう。なるに決まっている。ガハハ！）

真面目に考えていたのも束の間、またもや男の充実感が魔王の胸を浸し、全く意味のない心地良さを与えていく。もはや、この湯に浸かっていると廃人になりかねない勢いであった。

「あ、あの、魔王様…………」

「ん？　どうした？」

見ると、ケーキがもじもじとした姿で庭に立っていた。

彼女は偉い立場にいる悪魔に仕えるよう徹底的に教育を受けてきたため、どうしても手が空くと落ち着かないのであろう。

それに、自身の目的のためには、この男の心をどうしても獲っておかなければならない。

「本当に、私は何もせずにいて良いんでしょうか…………？」

「余計なことは考えなくていい。お前はまだガキンチョ……いや、子供だろうが」

言いながら、魔王は火酒が入ったグラスを空に翳《かざ》し、美味そうに傾ける。

その姿だけを見ていれば豪放なものであったが、やっていることと言えばかまくら風呂に入り、酒を飲んでいるオッサンでしかない。

「こ、こんなに、のんびりと過ごしていると、その、罰《バチ》が当たりそうで…………」

ケーキのそんな言葉に、魔王が笑う。

「罰が当たるとは……悪行の報いとして、神仏から現世で苦しみを与えられることを指す。もし、本当にそんな存在がいるのであれば、その罰とやらは私に当たるだろうよ」

魔王は殊勝なことを口にしながらも、その癖、神仏の類など一切信じていないのである。

いたとしても、己に歯向かうのであれば強引に捻じ伏せようとするであろう。

その一点だけは、魔王やルシファーと呼ばれるに相応しい性根をしている男であった。

「あ、あの魔王様……わ、私も、その湯に入っても宜しいでしょうか……？」

「馬鹿を言え。私を児童ポルノ禁止法でブタ箱にぶち込む気か」

ケーキはダメ元で色仕掛けをしてみるものの、魔王の返答はにべもない。

この男の中で子供はあくまで子供であって、それ以上でもそれ以下でもない。そのバッサリとした区切り方は、この男の性質をよく表している。

魔王の鼻にも引っ掛けない態度に、ケーキは両拳を握り締める。

どうにかして、この男を動かさなければ強大なゼノビア新王国を打倒することなど、夢のまた夢なのだから。

「私は…………国を取り戻したいんです」

「何の話をしている？」

魔王は火酒を口に含みながら、空を見上げる。透き通った夜空には、煌くような星々がまるで競うように輝きを放っており、実に雄大な景色であった。

ケーキはぽろぽろと涙を流し、次は泣き落としに入ったが、魔王の表情は変わらない。一見、冷酷な姿に見えるが、既にほろ酔い気分なだけである。

「ゼノビアから祖国を解放するために……どうか、その御力をお貸し下さい、魔王様！」

（雨も止んで、良い夜空になったじゃないか……オマケに酒も美味い）

「私が生きていることを知れば、必ず立ち上がってくれる旧臣もいます………！」

（きゅうしん………救心だと？　救〜心〜〜救心♪）

魔王は何処かで聞いたCMを鼻ずさみながら、次々と火酒を飲み干す。涙を流しながら必死に願う幼女を尻目に、酷い温度差であった。

「私にはもう、魔王様しか信じられる御方がいないんです………！」

「信じる者は掬われるぞ。足下をな」

何か上手いことを言ったつもりなのか、魔王はドヤ顔を晒しながら目を閉じる。ケーキは無性にその頭をカチ割りたくなったが、暴力ではとても敵いそうもない。

「まぁ、その国の名は良く聞く。いずれ、挨拶がてら寄らせて貰うさ」

「………っ！」

魔王が何気なく漏らした言葉に、ケーキの目が光る。

同時に、着ていたガウンをはらりと脱ぎ捨てた。

「私が祖国を取り戻した暁には、我が国は魔王様にとって模範的な属国になることを誓います。この身も如何様にもお好きにして下さい」

そんなケーキの姿に、流石の魔王も真顔になる。国を取り戻したい、などと言われてもこの男は北方諸国の事情など殆ど知らないのだから。

知っていることと言えば、戦争期と休戦期があるといった基本的な事情くらいのものだ。

「何を思い詰めているのか知らんが、ひとまず湯に浸かって休め」

「へ……？」

魔王はかまくら風呂から上がると、そのままケーキの体を掴んで湯の中へと浸からせる。

まるで肩透かしな反応に、ケーキは恨みがましい目を魔王へと向けた。

「私は、私の目的のためにのみ動く。その目的に合致するなら、また改めて考えるさ」

それだけ言うと、魔王はかまくら風呂をあとにする。その後も、魔王は休暇と称してだらだらと過ごし、ようやく重い腰を上げることとなった。

怠惰とはベルフェゴールではなく、この男にこそ与えられる称号であったに違いない。

包囲網

――聖光国　ドナの居城――


時は前後して、魔王がもたらした余波は、各地に衝撃を走らせていた。

まだ、直接の被害こそ蒙《こうむ》っていないものの、距離的に一番マズイのが貴族派を率いるドナ陣営である。聖光国ではほぼ、〝無双〟の状態にあった陣営であるが、このところ、空気が重い。

「気に入らん………何もかもが、気に入らんッ！」

贅肉を揺らしながら、ドナは乱暴な手付きでステーキを口に放り込む。このところ、不愉快な報告ばかりであり、何一つ有効な対抗策を打てていない。

放った猛犬《ミリガン》は連絡を絶ち、マダムは余裕綽々の態度で北へ大商隊を送り込み、その妹には競売で敗れ、魔王を名乗る男など、北方で高らかに武名を轟かせたという。

耳に入る報告の全てが、不快であった。

「アズール、貴様は北で何をしておった！　魔王などと名乗る胡散臭い男の一人すら止めることができなかったのかッ！」

「申し訳ありません。私の手には余る存在でありました」

深々と頭を下げるアズールであったが、その言葉は偽りではない。先日の戦いを振り返れば、振り返るほど、あれは人間の戦いではなかったとしみじみ思うのだ。

ス・ネオの首都を半壊させるような、皇国と、サタニストの戦い。彼らは其々《それぞれ》に手札を切り、神殿騎士《テンプルナイツ》や聖霊騎士団《エレメンタルナイツ》を送り込み、対するサタニストも破滅者《トランサー》や死霊を送り込んだ。

そこまでは辛うじて、人の起こす戦争の範疇であったろう。

「旦那様、あの地では皇国の兵だけではなく、擬似天使と、見たことのない悪魔が――」

「言い訳など、聞きたくもないわッ！　己の失態をあろうことか、天使や悪魔の類に擦り付けるなど、何事であるかッッ！」

ドナからすれば、天使や悪魔など己に関わりのない、ぼやけた存在に過ぎない。

遠い先祖が、智天使と共に悪魔王へと立ち向かった、という血筋を誇り、それを利用しているだけであって、本当の意味での信仰など持ち合わせてはいない。

「ですが、ルナ様は現れた悪魔を討――」

「フン……あの三番目は魔法には長けておるようじゃからの。魔族の一匹や二匹、討伐でもして貰わねば立場がないというものよ」

アズールの言葉を遮り、ドナが鼻で笑う。魔族とは基本、悪魔を含め、魔人や、魔物や死霊、魔獣と呼ばれるものまで、広義の意味合いで使われる。

ドナの知る魔族など低級の存在ばかりであり、べヘモドと名乗った古代悪魔とは次元が違う。あれを放置していれば、首都どころか一国や二国、軽く吹き飛んだであろう。

しかし、それを直に見ていないドナには伝わらない。人間とは、実際に痛みを伴った経験をしなければ、本当の意味での脅威など伝わらないからだ。

地震のない国に、地震の恐ろしさが伝わらないように。教科書で、どれだけスペイン風邪や、ペストなどを習おうとも、実際に体験してみなければ判らないように。

ドナの態度は油断ではなく、体験したことがない事柄に対する傲慢さであり、横柄さであると言えるかも知れない。

「第一、ミリガンは何をしておる！　何故、連絡の一つも寄越さんのか！」

ドナの叫びに、アズールは暗い表情を浮かべる。

どうしたも何も、答えは決まっているではないかと。捕らえられたか、殺されたかのどちらかでしかない。無論、ミリガンほどの傭兵ならば後方に連絡係も用意していたであろう。

それすらも連絡を寄越さないということは、送り込んだ人員が〝全滅〟したということだ。

アズールは判りやすい言葉で、それを主へと伝える。

「殺されたか、捕らえられたかと。むしろ、今後の対応を考――」

「馬鹿を言えッ！　アレにどれだけの金を払ってきたと思っている！　まだまだ働いて貰わなければ元が取れんわッ！」

「…………殺されているならば白も切れましょうが、生きているとなれば厄介です」

「ふんっ、使えない傭兵など知ったことか。当家には最初から、そのような者は存在しなかったと言い張ればよいだけのことよ！」

分厚い肉を口に運びながら、ドナが叫ぶ。

事実、ドナほどの男がそれを言い張れば、大抵の貴族は黙るだろう。

しかし、今回は聖女の一人であるルナの村で起きた事件であり、話が大きくなれば必ず聖城にいるホワイトまで出てくることになる。

「妹思いのホワイト様のことです。この件で、追及してくるやも知れません」

「む…………」

ドナが呻き声をあげ、咀嚼していた口が止まる。

彼にとって、ホワイトは急所であった。いずれ、自分の妻に迎えようとしている相手から嫌われることは何とか避けたい、そう思っているのだ。

当然、子供っぽい勝手な感情であり、そこには相手の意思などは考えられていない。

「まぁよい。妻に迎えれば、そのような戯言も口にできなくなるであろう。それと、アズール。今日は5番と41番を呼べ。気が立って収まらんわ」

「旦那様、ホワイト様を迎えられると言うのであれば、あれらの少女を解放すべきです。あの方は、これらを見れば必ず――――」

「黙れッッ！　貴様はいつから私に意見できるほどの立場になったかッ！」

肉の乗った皿ごと顔面へと叩き付けられ、アズールは無言で一礼する。

この屋敷では、良く見る光景だ。ただ、彼としては曲がりなりにも逃亡生活に終止符を打ち、安定した生活を与えてくれた主に対し、最低限の進言をしただけに過ぎない。

陰湿な空気が漂う部屋に、ドナの甥であるクルマが颯爽と現れた。部屋に入ってきただけで、空気を一変させてしまうほどに、煌びやかな衣装を纏っている。

クルマは一礼するアズールへと目をやり、部屋内の空気を鋭敏に察したが、何事もなかったように振舞う。ただ、無言で指を顔に当て、すっと引く。

顔を拭け、と言いたいのであろう。

「叔父上、信頼できる筋より、朗報が入りました」

「朗報とな？　最近は不快な報告が多かったが、どのような内容であるか」

「北の武断派と、中央の社交派が手を結びました――」

その報告にドナは一瞬固まり、わなわなと体を震わせる。アズールは俯き、無言で顔を拭っていたが、その視線は鷹のように鋭くなった。

「何じゃと!?　そんな、馬鹿なことが……第一、それの何が朗報であるのかッ！」

俄かには信じ難い一報に、ドナは思わず席から立ち上がる。

しかし、対するクルマは両手を広げ、高らかにこの政変を祝う。

「これは我らに対する宣戦布告でありましょうや。ようやく、大義名分を掲げながらあの連中を一掃する好機が訪れたのです」

「いや、しかし……奴らが手を結んだとあれば……」

「叔父上の勢力拡大を見て、奴らはいよいよ、窮鼠《きゅうそ》と化したのです」

クルマの言は間違ってはいない。

マダムにせよ、アーツにせよ、単独でドナ率いる貴族派と争えるような勢力は持っておらず、互いに牽制しつつ、現状を維持するだけで手一杯であったのだから。

「ううむ…………奴らの領地は北と南で離れておる。各個撃破せよと申すのか？」

ドナがそれらしいことを口にし、クルマも鷹揚《おうよう》に頷き返す。

但し、後半はドナを嗜《たしな》めるような内容となった。

「叔父上は勇敢でいらっしゃる。ただ、野戦であればともかく、ゲートキーパーに篭る武断派と戦い、勝算はあるとお考えですかな？」

「なっ……！　い、いや、あの要塞に篭られては、ちと厄介では、ある………」

溺愛する甥から窘《たしな》められ、ドナはバツが悪そうにワインを口に流し込む。同じことをアズールが口にしていれば、皿どころか、次はナイフが飛んできたに違いない。

「社交派も所詮、武力を持たぬ御夫人がたの集まりに過ぎません。よもや、舞踏会に乗り込んで皆殺しにする訳にもいきますまい」

「………そんなことが可能であれば、とうにしておるわッ！」

「えぇ、そのような野蛮な振る舞いをすれば最後。我らの名は地に墜ち、貴族社会から物笑いの種になりましょうや」

ドナの陣営から見ても、マダムとアーツは非常に厄介な存在なのである。要塞に篭った武断派を打ち砕くのは困難であり、社交派を武力で脅すなど下の下であった。

ルナの名ではないが、貴族には何よりもエレガントさが求められる。野蛮な振る舞いをする者には誰も付いてこないのだ。

逆に言えば、貴族社会から見て優雅でさえあれば、何でも赦されるということでもある。

「焦らすではないわ！　クルマよ、どうせよと言うのじゃ！」

「我ら貴族派の打倒を掲げたのであれば、奴らは進軍せざるを得ないということです。よもや、威勢良く手袋を叩き付け、巣篭もりなどできますまい」

　決闘を意味するポーズを取っておきながら、家に篭って出て来ないなど、それこそ恥であり、物笑いの種になる、とクルマは言う。

　ドナもそれを聞き、鷹揚に頷き返す。

「ふぅむ………確かにの。あの要塞がなければ、武断派など、食い詰めた貧乏貴族どもの寄せ集めに過ぎん。じゃが、奴らがプライドを捨て、巣穴から出て来なければどうする？」

「そこは叔父上、進軍せざるを得ない状況へと、追い込めば宜しいのです。具体的には、市場に卸す水の魔石を絞り、値を吊り上げ、奴らの首をじわじわと締め上げれば宜しいかと」

「かぁっはっはっ！　獣どもを干上がらせるということかっ！」

　クルマの進言に、ドナが大笑いする。

　獣どもを干上がらせ、弱って巣穴から出てきたところを叩く。まさに、貴族らしい狩りであり、実に典雅《てんが》なものである。

　しかし、これに巻き込まれる無関係の一般市民からすれば、迷惑この上ない話であった。

「叔父上、早急に我らの要塞――門番の智天使《ケルビムゲートキーパー》の大改修が必要になりましょうや」

「うむ、数多の貴族に号令をかけるからには、それに相応しき大要塞にしなくてはの。獣どもに、貴族の戦いというものを見せてやろうぞ！」

ドナ側にも、当然のように要塞があったが、これまでは使い道がなく、儀礼用と化していたものである。それらを実戦仕様に改修するつもりなのであろう。

何万もの貴族が集い、その頂点から号令を下す。輝かしい己の姿が浮かんだのか、ドナは腹を揺らしながらニヤニヤと笑う。

「それと、叔父上。万が一を考え、方々から使える剣を集められるのが宜しいかと」

「よそ者など要らん。ワシが号令を下せば、4万から5万の数が集まるわ」

「獣は獣同士、争わせておけば良いではありませんか。何故、栄光ある我らが自ら剣を取り、獣を斬ってやる必要があるのです。叔父上はいつから、そのように慈悲深くなられたのか」

「む…………」

クルマは呆れたように首を振り、苦笑を向ける。それは野蛮人の思考である、と皮肉を言われたようなものであり、これにはドナも返す言葉がなかった。

「まったく、そちは耳に痛いことをズケズケと…………で、使える剣とは何じゃ？」

「ゼノビアと、皇国を動かそうかと――――奴らはどうも、脛に傷があるようでして」

「ほぅ…………興味深い話じゃの」

ドナとクルマの密談が終わり、アズールは音もなく廊下へと出る。

その背に、クルマが声をかけた。

「アズール、君は此度の政変をどう見る？」

「私には、若の御質問に答えるだけの知恵がございません」

ドナの後継者、その地盤を継ぐ者として、アズールはクルマのことを若と呼ぶ。そう呼ばれる度に、クルマの頬は僅かではあるが喜色を浮かべるのだ。

これも、一種の処世術なのであろう。

「能ある鷹は爪を隠す。まるで、君のためにあるような言葉だ」

「………ご冗談を」

酷薄な視線を避けるように、アズールは深々と頭を下げる。

クルマはこれでもアズールを買っているのだが、いつ裏切るか判らないといった猜疑《さいぎ》の視線を向けることも忘れなかった。

「ゼノビアや皇国や傭兵、何ならサタニストでさえも。僕は使えるものは、何でも使う主義でね。アズール、君のことも」

「私にはとても、そのような器量はございません」

「この戦に勝てば、聖光国は今後、千年にわたって貴族派が治める栄光ある大地となるだろう。努々《ゆめゆめ》、裏切りなど考えぬことだ」

深々と頭を下げるアズールの肩を叩き、その耳元でクルマが囁く。聖光国だけではなく、その余波は当然のように、他国へも伝わっていた。


――ゼノビア新王国　コウメイの私室――

「何で、そんな……ことに…………！」

ハンゾウからの報告に、コウメイの顔が段々と青褪めていく。

彼女が狙ったのは、長年の友誼で結ばれたライト皇国と聖光国の分断であり、その関係に楔を打ち込むことであった。その一点に限れば、見事に成功したと言える。

だが、そこには想定外の事柄が混じりすぎていた。

「どうして、サタニストが……いえ、あの集団が他国でそんな暴挙に及ぶなんて…………」

サタニストは聖光国内では活発に動いているものの、他国では同志を募り、賛同者から資金を集めるなど、勧誘活動や組織の拡大のために動いてきたのだ。

彼らは弱者の救済を訴え、富の再配分を訴え、権力者たちの横暴に非を鳴らす。それらは一見、庶民の耳には心地良く響くのだ。

延々と続く北方の戦争に嫌気が差し、彼らに資金を提供した者も少なくない。それが、あろうことか他国の首都で死霊や悪魔を召喚するなど、何事であろう。

その支離滅裂な行動に、コウメイは呻き声をあげる。

「これまでの活動を、得てきた賛意を、全て投げ捨てるようなものじゃない…………！」

ス・ネオで起きた顛末に混乱しながらも、コウメイは既に一つの結論に達していた。投げ捨てても構わない、と判断して暴挙に及んだのであろうと。

これまで積み上げてきたものを、地味ながらも、じわじわと得てきた賛意を、一夜にして全て台無しにするのだから、尋常な判断ではない。

（宰相様であっても、流石に混乱されるか…………）

ハンゾウは淡々と報告を続けながら、その頭脳が落ち着くのを待つ。

ゼノビアを北方の覇者にまで押し上げたのは、全て彼女の智謀がもたらしたものなのだから。

「召喚された悪魔に対し、皇国は擬似天使で対抗。最後は、聖光国のルナ・エレガントによって対象の悪魔は討伐されました」

「時系列で並べると、そうなるわね…………」

その間には、破滅者《トランサー》や死霊、それらを討たんとする聖霊騎士団《エレメンタルナイツ》との衝突も含まれている。他国の首都を勝手に戦場にするなど、本来であれば許される筈もない。

コウメイは皇国における過酷な出世レースを思い、大神官の決断に一定の理解を示す。

「死都にするのを恐れたんでしょうね。あの大神官にはまだ、使い道があったというのに」

皇国を内部から腐敗させ、聖勇者の心を国から引き離すのに、あの大神官がどれだけ役立ったことか。それを考えると、コウメイからすればやり切れない。

「あの者は、聖光国へと連行されたようです」

「どう使うつもりかしら…………？　幾ら証言させようと、皇国はその存在を〝なかった〟ことにするでしょうね。もしくは、〝悪魔憑き〟にするでしょうに」

悪魔憑き――――文字通り、悪魔に誑《たぶら》かされた者。

それらは中世の魔女狩りのように、市中から炙り出されては処刑の憂き目に遭う。時に、都合の悪い人物が、それに仕立て上げられることもある。

皇国の暗部を知る大神官など、悪魔憑きどころか、悪魔そのものとして扱われかねない。

「恐れながら、宰相様。聖光国の者に、従来のような方便は通らぬかと」

「どれだけ荒唐無稽であろうと、皇国はそう言い張るわ。かの国は、いつも武力をチラつかせ、時には食糧の供給を絞り、両輪を使い分けてきたんだから」

コウメイの言う通り、これまではどんな無茶もそれで押し通してきた。ライト皇国の外交姿勢は昔から一貫しており、〝威圧〟と〝微笑〟である。

皇国の微笑や金銭に誑かされ、北方諸国の中では骨抜きにされている者も少なくない。だが、ハンゾウの見た光景は、これまでの常識など全て吹き飛ばすもの。

「かの魔王を名乗る男と、その右腕と思わしきタハラと名乗る男。あれらは尋常な存在ではありません。皇国が何を述べようとも、一笑に付すでありましょう」

「擬似天使を破壊した、と言っていたわね。俄かには信じ難いけれど…………」

「かの両名は大神官を使い、何がなんでも皇国に戦争を仕掛ける構えでありました」

「戦争ですって⁉　馬鹿なことを言わないで……彼らはまだ、一地方すら治めていないのよ？　その勢力を冷静に見れば、亜人の住む村で活動しているだけに過ぎないわ」

「先に報告した通り、武断派と社交派が既に手を結んでおります」

その言葉に、コウメイの顔が曇る。全く、気味の悪い報告であった。

犬猿の仲で知られるアーツとマダムが和解するなど、天地が覆ってもありえないことだったのだから。その握手の裏側にいる人物など、あの魔王を名乗る男以外にありえない。

あの男が現れてからというもの、聖光国は明らかに変わった。コウメイからすれば、これまで通り、無数の派閥に分かれ、纏まりのない状態が望ましかったのだ。

「魔王、か…………随分と知恵の回る男のようね」

コウメイがそう評するのも、無理はなかったであろう。遠い他国から見れば、魔術的な手腕でアーツとマダムの2人を握手させたようにしか見えないのだから。

「かの男は、我が国にも挨拶に参ると」

「…………っ。随分と、舐めた態度を取ってくれるわね」

その言に、コウメイは内心で臍《ほぞ》を噛む。

ゼノビアは、あまりにも短期間に大きくなりすぎた。今は息切れしたライオンが身を休めているような状態であり、呼吸を整え、内政の充実を図る局面である。

領土的に見れば、ゼノビアと聖光国は遥か北と南に分かれており、直接の戦火には及ばないであろうが、あの魔王を名乗る男だけは話が別であった。

単独で擬似天使を破壊するような存在であるなら、1人で王都へと乗り込み、散々に暴れ回るなどといった非常識なことすらしかねない。

実際にス・ネオの首都が半壊しているのだから、コウメイの危惧はあながち間違ったものでもなく、実感を伴った恐怖であった。

「その男を、我が国に近づける訳にはいかないわ――――」

コウメイはそう告げると、無数の策を頭に並べる。

その姿を見て、ハンゾウも打てば響くように返す。

「………どのような策を？」

「その男と直接ぶつかるのはリスクが高すぎる。まずは我が国の途上にある、ユーリティアスを出城にさせて貰うわ」

「あの国を出城に………？　なるほど、狂犬・ジャックでありますか」

「えぇ、あの男は大神官という打ち出の小槌を失って、怒り心頭でしょうからね」

コウメイの頭に、大神官の取引相手である悪党の面が浮かぶ。トランスの密売から、人身売買、武器の横流し、禁制品の密輸………その癒着は、数え上げればキリがない。

大神官とジャックが行っていたのは、違法取引のオンパレードであり、その利鞘を考えると、ジャックの怒りは相当なものであろうとコウメイは考える。

元来、人の怒りや疑心を利用するのに長けていることもあってか、コウメイの頭に新たな戦略が次々と浮かぶ。

「同時に、聖光国内における足止め工作も進めるわ。彼らと敵対する貴族派の強化を図り、時間を稼がせて貰いましょう………何と言っても、国内で始末させるのが一番だもの」

「………かの男を武力で討つのは、不可能に近いかと」

魔王を直接見たハンゾウは、ストレートに意見を述べる。あの化物じみた男と戦闘に臨むなど、彼女から言わせれば自殺行為でしかない。

「今回は、レオンを動かすわ」

「………将軍を⁉」

その言葉に驚くハンゾウであったが、そこに配下の者から一報が入る。手渡された鳩の足には紙片が巻かれており、ゆっくりとそれを解く。

「貴族派の者が接触してきたようです。どうやら、先方も宰相様に話があると」

「そう、好都合ね」

ハンゾウは扇子を広げ、フフンと笑う。

思うように、絵が仕上がってきたと思いながら。魔王を取り巻くキナ臭い動きは、遥か西方のライト皇国にまで及ぶこととなった。


――――西方諸国　ライト皇国――――

その人口、軽く二千万を超える巨大な国家である。

聖光国は天使を信奉し、その教えを国是としているが、ライト皇国はその天使たちを率いたとされる〝大いなる光〟へと信仰を捧げる国家であった。

歴史ある国だけに、国家のシステムとしては些か古い。

古くから綿々と続く名家が多くの農奴を抱え、それを労働力としていたが、農奴にはまともな教育など行われない。下手に知恵を付ければ、叛乱でも起こされると思っているのだろう。

教育の機会を与えず、農奴の子もまた農奴として生きていかざるを得ない、古い体制を敷いていた。それら広大な農地と農奴を抱える名家が、皇国の頂点たる〝教皇〟を選出する。

教皇という尊い響きとは裏腹に、その実態は既得権益の塊であり、その代表者と言っていいだろう。これでは、体制の改革など望むべくもない。

本来であれば、このような国家体制はロシアのロマノフ王朝のように衰退し、遂には滅ぶものだが、ライト皇国には他にはない、反則ともいえる力が存在していた。

1つは、その大地。

大いなる光に祝福された大地は、ありえないほどに農作物が良く育つのだ。その収穫量は軽く他国の数倍の規模を誇り、農奴には生かさず殺さずの給金で済む。

戦乱に明け暮れる北方諸国の食糧事情を一手に担っても、有り余るほどの余裕があった。

尽きぬ食料と、尽きぬ争い。

これらが皇国に年々、莫大な富をもたらしつつある状況である。

更に、聖勇者《ホーリーブレイブ》の存在。

この大陸における、一騎当千の武力を持つイレギュラー。

皇国には大いなる光が遺したとされる、2つの〝古代の断片《オーパーツ》〟が存在し、それに認められた者は聖勇者として皇国の威となり、剣となることが義務付けられている。

――――光に祝福された大地と、光に祝福された剣――――

まさに、大陸を代表する軍事国家と言っていいだろう。

その栄光と光に満ちた国家に、連日のように不快な報告が届いていた。

「教皇聖下。例の件ですが、ス・ネオより説明と賠償を求める使者が参っております」

「たわけが…………吹けば飛ぶような小国の分際で」

神殿長からの報告に、教皇が舌打ちする。

今代の教皇は齢47であるが、見た目は随分と若々しい。庶民が聞けば驚くような値の霊薬を飲み続け、飽くなき野心に燃えているからであろう。

その姿は教皇というよりは、現世の欲を全て叶えんとする実業家に近い。

「ですが、かの国は北方でも群を抜いた富国。いつまでも騒がれては…………」

「商売に支障をきたす、か」

教皇の口から〝商売〟という、酷く生臭い言葉が飛び出す。

大いなる光に最も近しき存在、その口から気軽に出るような言葉ではないだろう。

「かの国の王は、外交の名手。他国の王の耳に、要らぬことを吹き込まれ続けては少々、面倒なことになるかと」

神殿長からの進言に、教皇は忌々しそうに手を伸ばし、脇に積まれた果実を頬張る。

ス・ネオは一国そのものが商会と化したような国であり、その王も自らが商会長であるように商売に没頭している奇妙な国であった。

国産品の洗練を、王が自ら旗を振って奨励し、国外から素材を集めては仕立て直し、それらも全てブランド化してしまう。

宝飾品やドレス、香水や口紅、はたまた食器やフォークに至るまで、彼らの高級志向は留まることを知らず、扱っていない品を探すのが難しいほどである。

教皇からすれば、まさに〝小賢しい〟存在であった。

「面倒な国よのう。なまじ、小金を持ちよってからに………」

大量の食糧を輸出する皇国と、ス・ネオは商売の面では敵ではない。大量生産品と、ごく少量のブランド品とでは求める客層も違う。

「ですが、聖下。きゃつらはその小金を、効果的に諸国へと貸し付けております」

「ふん、小賢しく立ち回っておる………」

かの国の外交姿勢を一言で表すのであれば、〝実弾外交〟であろう。

北方諸国は長らく続く戦争にどの国も窮し、貧している。そこに笑顔と共に金を貸し付け、頭の上がらぬ状況を作り上げているのだ。

トラブルが発生した際には、それら頭の上がらぬ国を仲介役として立て、武力による衝突などがあれば、それらを時にボディガードのようにして使う。

小国でありながら、金の使い方に長けているのだ。

「忌々しいことではありますが、一定の金額は出さざるを得ないかと」

「それもこれも、かの愚か者が失態を犯したせいよ………」

欲望に満ちた大神官の顔を思い出しながら、教皇は果実の種を吐き出す。彼の裏側、その悪行を知りながら、教皇は巧く利用してきたのだが、切り捨てるのも早かった。

「かの者は〝悪魔憑き〟とし、我が国には何ら非はないと伝えよ」

「しかし………」

「我が方の兵も、犠牲になっておる。一方的に被害者面などされてたまるか。あのような小国が申すままに金を出すなど、光の沽券に関わるわ」

そこまで言ってから、教皇は勿体ぶった口調で続ける。

「しかしながら、犠牲となった民草を哀れみ、光より救済金を下賜するとだけ伝えよ」

「流石は聖下。では、ス・ネオの神殿から民草へと慈悲を与えることに致します」

「うむ。幾許かの食料も供出してやる。愚民どもには程々に慈悲を撒いておけ」

「ははっ！」

国への賠償はしないが、民衆には恩を売る、というやり方である。こちらもこちらで、転んでもただでは起きない性格であった。

「慈悲と言えば、あの男から矢のような催促が参っておりますが…………」

「あの愚か者が…………さっさと国許へ戻れと伝えよッッ！」

小賢しい聖勇者の顔が浮かび、教皇は怒りも露に叫ぶ。

かの男は光の代弁者たる己を軽んじ、命令にも従わぬとんでもない存在であった。どころか、常に冷めきった視線を向けてくる、実に腹立たしい男でもある。

その瞳には、失望や軽蔑がありありと映し出されており、不愉快の塊でしかない。

「その、何度も申し伝えてはいるのですが…………」

「貧民の救済などに現を抜かしおって！　あの男は、まだ夢から覚めんのか！」

「…………ある意味、敵より厄介な男でありますな」

「何が全ての人民に目を向けよ、だ………まるで阿呆のたわごとよ。あの男には現実が見えておらんのだ。政も、大陸の情勢も、常識も、何もかもをすっ飛ばして、夢だけ見ておるッ！」

教皇の怒りに同意するように、神殿長も頷く。

北方だけでなく、この西方ですら未だ戦争が続いているのだ。それらの現実を無視して、貧民を救済するなど土台、無理のある話である。

もっとも、それら現実や常識を考えずに動くからこそ、勇者たりえるのかも知れないが。

「それと、聖光国からも詰問の使者が参っております」

「聖光国か………困ったの」

その報告に対しては、教皇の顔がバツが悪そうに歪む。

天使と光、それらを信奉する国家として、長年の友誼で結ばれてきた両国である。

領土が遠く離れていることもあってか、その関係は儀礼的なものであったが、形だけとはいえ友好国と揉めることは教皇としては避けたかった。

自らの地位を狙う者は多く、次期教皇候補などに要らぬ攻撃材料を与えたくないのだ。

「ホワイト殿は相変わらず、生真面目であるわ………あの美貌だけは二等国には勿体ないほどであったが………」

教皇とホワイトは、外交の場で面識がある。当時は老練な政治家と、聖女に選ばれたばかりの右も左も判らぬ小娘といった形であったが。

「いえ。それが、聖下。今回の使者は三番目であるらしく」

「ん？　悪魔を討伐した小娘の方であったか」

途端、教皇の眉間から皺が消えた。

別に意識した訳ではなく、ごく自然に出た侮りである。

「どうも召喚された天使から攻撃を受け、武官と共に重傷を負ったとのことで………」

「天使の暴走にまで、我々が責任を負えるものか………その小娘は、そのようなことも知らぬのか？　まったく、ホワイト殿の教育はどうなっておる」

クイーンのことも頭に浮かんだのか、教皇は呆れたように溜息を吐く。

聖女は問題児だらけ、国許は幾つもの派閥に分かれて争い、下を見れば民衆はサタニストへと墜ちていく。皇国から見た聖光国とは、まさに二等国そのものであった。

皇国の者が聖光国に向ける視線とは、延々とお家騒動を繰り返している厄介な親族、と言ったものであり、その侮りはもはや骨肉にまで達している。

「聖下。その、使者の口上が、なんとも〝過激〟でありまして………私も、聞き間違いであると何度か問い直したのでありますが………」

「過激、とは？」

「聖下より、直々に謝罪と釈明を求める、と…………………」

「戯けたことをッ！　二等国の分際で、何を履き違えておるのか！」

二等国の、それも三番目からの馬鹿げた要求に、教皇は思わず声を荒らげる。この場に使者がいれば、その首を絞めかねない勢いであった。

使者とはその実、田原が出したものであって、ルナは全く与《あずか》り知らぬことである。

別に何かを期待して送った訳ではなく、相手の非を鳴らし、後の布石としておきたかったのであろう。

そうとは知らぬ教皇は、思いがけない侮辱にこめかみを震わせた。

「小娘め……何を増長しておるのか………！」

そこへ、立て続けに報告が舞い込んでくる。

それは、間が良かったのか。それとも、間が悪かったのか。

それとも、〝魔〟であったのか。

「これは、聖光国の貴族派。クルマ殿からの親書ですな………」

「あの青二才か。何の用だ？」

「国内のサタニスト、並びに、不穏分子殲滅のために手を貸して欲しい、と」

「………ほぅ？」

親書を受け取り、次第に教皇の顔に笑みが浮かぶ。

サタニストなど名目であり、本当の目的は別のところにあるのであろうと。

「どうやら、国内の統一を考えておるらしい」

「ようやく、でありますか………まるで、昼寝から目覚めた老人のようでありますな」

「フン、よい大義名分が入ったわ。増長した連中共々、この機会に躾けておくにしよう」

「して、聖下。見返りにはどのような？」

神殿長が嫌らしい笑みを浮かべ、教皇も似たような表情となる。

そこには義勇も義憤もなく、ただ金の匂いがするだけであった。

「………ドナ殿の領地は、〝水の魔石〟が豊富での」

まるで、金塊のように教皇が告げ、神殿長の笑みも深くなる。この世界においては、まさしく金のなる木であり、笑みの一つも浮かぼうというものだ。

「これはまた、随分と割の良い取引………いえ、〝討伐〟でありますな」

「うむ。悪魔信奉者の討伐は、我ら光に課せられた大事な使命よ。無下にはできまい」

それだけ言うと、教皇は耐えかねたように爆笑し、神殿長も腹を抱える。まるで、雑草を狩るだけで大金が手に入るような話であった。

ひとしきり大笑いしたのち、神殿長は残る懸念を伝える。

無論、魔王を名乗る男について――――である。

嘘かまことか、召喚された天使を木っ端微塵に打ち砕いた、と報告されているのだ。

「聖下、魔王と名乗る男ですが………」

「話半分としても、厄介な男であるようだな。その者、〝魔人〟であるやも知れん」

「悪魔との戦いで、天使は瀕死の重傷を負っていたとのことですが………」

「で、あろうよ。あれは人の身で立ち向かえるような類ではない。とは言え、油断はできん」

教皇はそれだけ言うと、鈴を鳴らし、多数の女官を呼び集める。其々が手にした銀製の皿には極上のワインや果実、肉などが並んでいた。

「休憩を挟み、派遣する者を選別するとしよう」

「ははっ！　これ、お前たち！　服など着ておる場合か！　多忙な聖下をお慰めせんか！」

ライト皇国の中心地たる、皇都大神殿。

そこでは今日も、光とは無縁の酒池肉林の宴が繰り広げられていた。その淫靡な繁栄は明日も明後日も、半永久的に続いていくであろう。

この地に、〝魔王〟が降臨するまでは――――

ライト皇国　組織図

神学校

「光」や「聖」に強い適正を持つ者が入学できる学校。

家柄やコネ、持参金なども考慮されるとの噂がある。

ここを卒業し、神官として歩める者は非常に少ない。

神官

神学校を卒業した者に与えられる椅子。

皇国における神官の立場は絶対であり、一生の安泰が約束されたようなもの。

神官長

複数の神官を従え、その上に立つ者。

一般市民からすれば、貴族そのものである。

大神官

複数の神官長や武官たちをも従える圧倒的な権力者。

彼らは他国の王侯貴族を前にしても、対等の立場で横柄に振舞う。

神殿長

各国に建てられた神殿の長。

その権力は一線を画したもので、其々の地における「王」であると言っても過言ではない。

立場上、教皇と直接結び付いており、まさに雲上人そのものである。

助祭→司祭→司教→大司教

神官の中でも、多くの民から慕われる者。

まさに「聖職者」が進んで行く道。

その輝きが本物であるが故に、権力とは遠ざかっていく立場でもある。

武学校

神学校とは違い、門戸は広い。

力自慢・武芸自慢の農奴などが、何とか境遇を変えようと、こぞって門を叩く。

だが、その大部分が蹴り落とされ、肩を落としながら村へと帰ることになる。

合格者は「神殿騎士」として鍛え抜かれていく。

武官

武学校の中でも、優秀な者が選ばれる。

とは言え、皇国における武官の地位は低く、出世コースから外れた者扱いである。

武官長

小隊を率いる長。

神官のような立場から見れば、小間使いのような存在である。

大武官

一般人が到達出来る中では、最高の地位。

これ以上の出世を望むのであれば、特別な才能が必要となる。

将軍

神殿騎士団を率いる者。

個人の武芸だけでなく、軍を率いる力量も備えている。

聖霊騎士団

火・水・風・土に強い適正を持つ者が選出される。

神官が尊ばれる皇国の中にあっても、聖霊騎士団は別格の扱い。

国中から尊敬を集める立場である。

聖勇者

ライト皇国が誇る、決戦存在。

「聖衣箱」と「禁忌の炎」に選ばれた男女がその任を負う。

人間と言うより、兵器に近い。

教皇

無数の名家から選出される、皇国の頂点。

大いなる光に最も近しき存在にして、その代弁者とも言われている。

その権勢は揺るぎないが、名家の意向は無視できず、注意を払う必要がある。

聖勇者の苦悩

――バーロー共和国　議会――


王制を敷く国が居並ぶ中、共和制を謳う珍しい国家である。

無論、現代のように国民が選挙権を持ち、政治家に一票を投じる、などという近代的な仕組みではなく、四大貴族と呼ばれる面々と、彼らと長年、付かず離れずの関係で癒着してきた商会が国を動かしている。

国家の頂点たる元首は2年ごとに交代され、次から次へとバトンが渡されていく。

そこに絶対的な権力などはなく、揉め事が起こった際の仲裁や裁定、対外的なトラブルが発生した際に表へ出てくる程度で、他は銘々に好きにやっているのが現状だ。

戦乱が続き、重苦しい空気が漂う北方諸国の中にあって、何とも緩い空気である。今日も円卓では四大貴族と呼ばれる面々が主に発言していたが、その顔はどれも渋面である。

「魔族領の奴隷とは…………また厄介な」

「何故、それが我が国に来るのだ？　只でさえ、逆侵攻の後始末で面倒なところに」

「早々に叩き出してしまえ」

「幸いなことに、滞在していた聖勇者が身元を洗っているとのこと」

「あの男か。良いタイミングでいてくれたものよ」

其々が好き勝手なことを口にしていたが、彼らはこれを〝議会〟と呼んでいる。

その顔に浮かぶのは、こんな面倒な話はさっさと切り上げたい、と言ったところだ。

時の元首たる商会の代表も、俯いたまま無言である。

元首と言っても、その時のお飾りでしかないため、トラブルが発生した際に果断な決断などを下すようなことはない。

誰かにとって損をさせる決断などを下すと、その者が元首となった時に逆襲されるため、誰に取っても大きな得も損もない、なぁなぁの態度にならざるを得ないのだ。

「ともあれ、我が国には何の関係もないことだ」

「然り。これで魔族から目を付けられなどすれば、厄介極まりない」

「聖勇者が滞在しているのであれば、民草の救済を謳う皇国に投げればよいではないか」

その態度は非常に無責任であったが、他国であれば問答無用で叩き出すか、最悪、影から影に葬られていた可能性もある。得体の知れない難民集団を保護するような、物好きな国など存在しないし、そんな余裕もない。

「それより、監獄迷宮の後始末よ。逆侵攻の影響で客足が遠のいておる」

「うむ。そちらの方が大問題であるな」

「損害に対する復興資金も、馬鹿にならんぞ…………」

「何が迷宮か。ゴロツキどもが這いずり回っておるだけではないか。肝心の〝客足〟が遠のけば百害あって一理もない」

奴隷たちの問題など何処へ行ったのやら、議会の話題は他の事柄へと移っていく。

この国は北方諸国の中にあっても特殊な成り立ちをしており、獣人国と国境を接している。いつ亜人どもが攻め込んでくるか判らない土地など誰も欲しないため、諸国からこの地は荒波から身を守る〝防波堤〟のような扱いを受けることとなったのだ。

その結果が、〝戦争期〟に入った際の〝避難所〟である。

中立国であるとも言えるし、あえて現代風に言うのであれば、避暑地や観光大国と言い換えても良いかも知れない。諸国でも豊かな者たちは戦争を避け、この国で優雅なバカンスを楽しみ、休戦期に入れば国に戻るという生活をしていた。

争いのない土地で、豊かな者たちが落としていく金銀――これが国家の主要財源である。

そこへ、逆侵攻などの危険が訪れたのだから堪らない。観光地で大規模なテロが起こったようなもので、当然のように客足が遠のく結果となった。

そのような特殊な国の成り立ち、財源を主としているため、思いきった発言も飛び出す。

「いっそ、ルーキーの街や国境の砦など、他地域から封鎖してしまえばどうだ？」

「賛成だ。あのような土地のせいで、客足が遠のいては話にもならん」

「都市の封鎖か。大いに結構、それで話を纏めようではないか」

自領の一部を捨ててしまえ、と言ったような暴言であったが、四大貴族からすれば、裕福な客こそが大事であり、駆け出しの冒険者や、それが潜る迷宮など無用であった。

流石にその議論には賛成しかねたのか、時の元首たる商会の長が声を上げる。

「お待ちを。そのような行動に出れば、逆に我が国が危険である、と宣伝するようなもの。臭いものに蓋をし、目を逸らしても問題は片付きますまい」

冒険者たちが持ち帰る獲物の利鞘などを考えたのだろう。商会の長からすれば、自領の一部を切り離すような暴論は流石に迷惑であった。

四大貴族の面々は苦りきった表情となったが、すぐさま矛先を変える。

「そもそも、聖勇者が滞在していたのであれば、この被害は何だ！」

「まったくだ。街が半壊したというではないか」

「皇国が唱えるお題目など飾り。そんなことは卿らも承知であろう」

「しかし、その奴隷どもは聖勇者の声望を慕って集まったのではないのか？　であれば、皇国がどうにかするのが筋というものであろう」

議会の話題は二転三転し、とりとめもないものになっていく。

要するに、彼らに問題を解決するような名案などなく、尽力するつもりもない。遠のいた客足さえ戻れば、他はどうでもよいのだから。

「ともあれ、客足を戻さねばならん。各地の宿からも、矢のような催促が届いておるわ」

「このままでは、高値で集めた食材も倉庫で腐らせてしまう」

領民が痩せ細ると、税収に直撃するのは何処の世界でも同じだ。直接、自分たちの財布の問題に繋がってくるため、どの顔も必死である。

「私に1つ提案があるのだが…………訪れた客に、お肉券を配るというのはどうか？」

「おにくけん、だと………⁉」

「うむ、肉と交換できる券よ。客にもお得感を与えるであろう？」

「おぉ、それは画期的なアイデアであるな！」

「待て待て！　それならば、お魚券も配って貰わねば困る。我が領地には漁民が多いのだ」

それらの声を聞きながら、時の元首は頭を抱えたくなった。そんな券を幾ら撒こうと、根本的な解決には繋がらない。

この国に訪れる客が求めているのは安全であって、肉や魚ではないのだから。議会は紛糾し、誰の顔色にも疲れが見えた頃、ようやく時の元首が顔を上げた。

「まず、その奴隷たちは〝聖勇者案件〟として投げましょう。ただ、それだけでは、あの男から恨まれる結果になりかねません」

元首の静かな声に、各人も不承不承ながら頷く。文句を並べたところで、彼らとしても大陸中から声望を集める聖勇者を怒らせることは避けたいのだ。

次に逆侵攻が発生した際、助力を断られでもしたら大変である。

「むしろ、聖勇者が滞在していることを内外に向けて盛大にアピールし、我が国が例年と変わりなく、安全であることを打ち出していくべきでしょう」

「元首の意見に従おう。だが、その奴隷どもはどうするつもりだ？」

「私を含め、ここにいる皆様が資金を出し合い、聖勇者に救済資金として与えるという案はどうでしょうか？　あの男であれば、どうにか身の立つように処理する筈です」

「手は出さんが、金は出すということか…………まぁ、その辺りが落とし所だろう」

どうにか案が纏まったが、もう1つ難題があった。逆侵攻の際、溢れ出した魔物を一掃した、魔王と名乗る男である。

議会に座る面々からすれば、それこそ魔物より不気味な存在であった。

「途方もない大魔法で、迷宮内の魔物まで全て駆逐したというではないか…………」

「幾らなんでも、眉唾であろう。そんな魔法は聞いたこともない」

戦闘時における極度の混乱が、時に英雄めいた存在や、逸話を生み出す。

そんなものは世間を見渡せば幾らでも転がっているものだが、今回は性質の悪いことにそれを裏付けるような、もう1つの怪情報があった。

「だが、ス・ネオでの騒ぎでは天使を…………」

「あれは、皇国が勝手にそう呼んでいるだけのゴーレムの一種であろう」

「擬似天使、と呼ぶ地方もあると聞くが…………」

「名前など、どうでもよい！　その男、如何なる目的で我が国に訪れたのだ！」

議会は再び、紛糾を繰り返す。ここにいる面々は魔王を見たこともなければ、話したこともないのだから、幾ら憶測を元に語ろうと無意味なことでもある。

各人の声を聞き、元首は角が立たぬよう、平凡な案を繰り出す。

「ともあれ、その男がラビの村から来たことは知れております。狙いがどのへんにあるか知るためにも、一度使者を出すべきでしょう。流石に、礼を述べない訳にもいきますまい」

その意見に、議会の面々も周囲の顔色を窺いながら頷き、立ち上がる。

今日は解散、ということであろう。

時の元首も凝った肩をほぐすように腕を回し、早々にその場から立ち去った。


――バーロー共和国　ルーキーの街――


街はいま、人で溢れかえっている。

その多くが、ごろつき同然の連中であった。

監獄迷宮から発生した逆侵攻により、街は大打撃を受けたが、聖勇者の指揮の下、街は徐々に復興の兆しが見え始めていた。

働き手は主に迷宮へ潜っていた冒険者、〝ルーキー〟と呼ばれる階級の者たちである。

現在、大事をとって迷宮は封鎖されているため、ルーキーたちが働ける場所といえばそこしかない。元来、この世界における冒険者とは決して華やかな存在でも何でもなく、学も家柄も金もない者たちが最後に流れ着く場所といっていい。

陸の上なら冒険者、海の上なら水夫といったところであろう。彼らの中には単純に腕自慢の者もいるが、大半は農家の次男や三男坊である。

耕す畑もなければ、鉱山で働くようなツテもなく、商家で働けるような機転もない。

「クソッ、今日も泥まみれになって、瓦礫運びかよ…………」

「文句ばかり言うな。飯代くらいにはなるだろ」

彼らからしても、現在の境遇は不本意の極みであろう。

普通の仕事で食っていける能力や、手に職を持っているのであれば、冒険者などになる必要は何処にもないのだから。

誰が好き好んで、毎日が命の危険と隣り合わせの仕事になど就くだろうか。

その日暮らしの彼らに貯蓄などある筈がなく、大怪我でも負ってしまえば、そこで人生が終了してしまう。

「昨日、そこの瓦礫が崩れて、下敷きになった奴がいるってよ」

「…………足を切断したらしいな」

「魔物の死臭で、喉や肺をやっちまったのも多いって聞いたぞ」

当然、この世界は現代のように医学が発達しておらず、一度の怪我で後遺症でも残るようなことになれば、それこそ人生が詰んでしまうのだ。

冒険者になるということは、命をチップに変えてギャンブルに挑むようなものである。

これが水夫であれば、船が沈めば一発で終わり、ということになる。いずれにしても、平穏な人生からは程遠い。

そんな、ごろつき同然の連中が街に溢れかえっている。

大問題であった。

復旧作業にありつけた者などごく一部であり、大半のルーキーは職場である監獄迷宮が封鎖されたことによって、仕事を失ってブラついているのだ。

やることがないから、酒でも飲んでは小銭を賭け、ケチなギャンブルでもするしかない。街のあちこちで喧嘩や、刃傷事件が相次ぎ、復興作業の裏側で、街の治安は悪化し続けていた。

（悩ましい問題ばかりですね…………）

ヲタメガは少し疲れた表情で、積み上げられた書類へと目を通していく。普段の彼であれば、権力者との接触を避け、郊外のキャンプ場で寝泊りすることが常であった。

しかし、今回はそうも言っていられず、貧相な家で仮住まいをしながら作業をしている。

そこへあろうことか、ミンクが更に人を連れてきたのだから堪らない。

仕事の割り振りや、治安の悪化に対する対応に追われていたところに、更に無数の人間が送られてきたのだから笑えない話である。

ヲタメガは疲れからか、その時のやりとりが自然と頭へと浮かんだ。

「魔族領に囚われていた人たち、ですか…………？」

「そそ。後はよろしくね、勇者君」

「お、お待ち下さい……！　その、彼らは」

「我が右眼に宿る黒鳳凰よ…………この身に翼を与えなさいッ！」

それだけ言うと、ミンクの姿は掻き消えてしまったのだ。

とは言え、それで終わりではなく、何度となくミンクは多数の人間を連れて現れ、ヲタメガはその対応にも追われることになってしまったのだ。

５００名近い人間の素性や、身元の確認をするだけでも一苦労である。

中には大怪我を負っている者や、極端な栄養失調の者も多かったが、街は逆侵攻の際に怪我を負った者で溢れかえっており、薬師の手も回らない。

この地にも各国に建てられた皇国の神殿があったが、そこも既に満員の状態である。

ヲタメガは本国に救援を要請したが、その返事も芳しいものではなかった。

(何故、本国は動かないのか…………！)

書類を握る手に、つい、力が篭る。ヲタメガは知らなかったが、彼らの中には皇国が売り渡した者たちも混じっており、救援など冗談ではないといったところであろう。

救援どころか、そのまま死んでくれた方がありがたいというのが本音である。

それに皇国は今、それどころではなかった。

(悪いことは続くと言いますが、これでは、あまりに…………)

この頃には、既にス・ネオの首都で発生した騒ぎもヲタメガの耳に届いており、その心を更に沈ませていた。

本国の一派がサタニストに襲われて応戦し、首都は半壊状態になったという。

オマケに、暴走状態に陥った天使を、あろうことか、あの魔王が苦もなく一撃で粉砕したとの話であった。サタニストが召喚した悪魔を、聖女が撃退したとの噂まで流れている。

どの話も現地に飛んで精査しなければならない内容ばかりであったが、今のヲタメガには到底、この地を離れて検証するような余裕はない。

「ゆ、勇者様……！　郊外に、ミンク様が…………！」

「もう、そんな時間ですか。ありがとうございます、ダルマさん」

「い、いえ、あっしの名前はハマーと言いまして…………」

現れたハマーを見て、ヲタメガも腰を上げる。

問題は山積みであったが、更に追い討ちをかけるように大問題が発生した。魔族領に囚われていた人間たちを、なんと獣将の1人が運んできたというのだ。

常人であれば、もはや頭がパンクするところであろう。

「ダルマさん、ミンクさんの様子はどうでしたか?」

「あ、あの、何と言いやすか……その、闇がどうとか、あっしには難しいことを…………」

「こんな時でも、あの人は変わりませんね」

「そ、それと、あっしの名前はハマーでして…………」

深く考え込むヲタメガの耳にハマーの呟きは入らず、名前の訂正は今日も叶わなかった。

元々は茜が〝ダルマのおっちゃん〟と呼んだことが発端であったが、ミンクもその名で呼んでいたため、ヲタメガにもそれが伝染した結果である。その場にいなくても他人に迷惑をかける、という一点において、魔王と茜は非常に良く似た存在であった。

「「「お待ちしておりました、ヲタメガ様――――」」」

家を出ると、白い騎士たちが居並ぶようにヲタメガを待ち構えていた。

諸国から、白い三連星と呼ばれている猛者たちである。彼らのリーダー格であるカイヤは一瞬、ハマーを睨みつけたあと、口を開く。

「ヲタメガ様、獣将がやってくるとか………それは、まことの話でしょうか？」

「恐らく、本当でしょう。あのSランクの両名が関わっている話ですから」

「あの雌どもめ、厄介な問題ばかりを持ち込みおって………！」

三連星が憤慨するものの、本来は吉報なのである。

魔族領に奴隷として囚われていた人間たちが、解放されたのだから。ただ、タイミングも悪ければ、場所まで悪い。

よりにもよって、何故、ルーキーの街であるのかと。これだけ問題が山積みの街に、多数の、それも素性の知れない人間を受け入れる余裕などある筈もない。

「ともあれ、皆さんは作業に戻って下さい。混乱が起きないようにお願いします」

「し、しかし、獣将と御一人で会われるなど、危険が大きすぎます……！」

「大丈夫ですよ。いざとなったら。ダルマさんに守って貰いましょう」

「………へっ⁉　あ、あっしがですか⁉」

ヲタメガが珍しく冗談を言い、軽く笑いかける。

実際、もう笑うしかない状況であったが、三連星がハマーに向ける目は益々、鋭くなった。

ヲタメガが手を振って去り、その後ろを慌ててハマーが追う。三連星は心配そうにヲタメガの後ろ姿を見守っていたが、カイヤの口からつい、本音がこぼれる。

「あの男め……ヲタメガ様の周りをちょろちょろと………！」

それを聞いて、アルテマとマッシュルームも憤怒の表情を浮かべながら言う。

これまで抑えていたものが、溢れ出したのであろう。

「然り！　あの男は一体、何であるのか！」

「ヲタメガ様に色目を使いよって…………やらせはせんぞ、やらせは！」

ハマーからすれば、とんだ風評被害である。

彼は偶然、ミンクと知り合っただけの一般人であり、何の思惑もない。

忙しそうなヲタメガの姿を見て、ミンクから軽く、「ダルマさんも手伝ってあげて」と言われただけなのである。

「あの男は気に入らんが…………まぁ、体だけは…………」

カイヤの目が、ハマーの揺れる横腹の肉や、尻へと向けられる。

他の2名もそれを聞いて、ハマーへ鋭い視線を送った。

「中々に重厚よな。美しい揺れっぷりではある」

「尻はもう少し、大きい方がいい」

ハマーが聞けば震え上がるようなことを三連星が次々と述べていたが、聞こえなかったのが、せめてもの救いであろう。

「こっちよー。勇者くん、ダルマさん」

街の正門を出ると、そこにはミンクとオルガンが立っていた。

ミンクは暢気に手を振っていたが、隣のオルガンは無表情にそっぽを向いている。

「猿人の長が、そろそろ着くんだって」

「そう、ですか…………ミンクさんは既に、面識がおありで？」

「えぇ、共に巨悪を討つために戦ったわ。小さな闇は、より大きな闇に飲み干されるの」

クック、とミンクは右目に手をやり、意味深なことを呟いたが、特に意味はない。

ヲタメガとしても、ミンクの言動は深く考えないようにしている。

「それと、引渡しが終わったら、私たちは出発するから」

「この街は、逆侵攻によって大きな被害を受けました。これ以上、無数の人間を受け入れることは難しいでしょう」

「そんなの、貴方の本国に救援でも頼めば良いじゃない」

「それが、あまり芳しい返事がなく…………」

ヲタメガは恥じ入るように両拳を握り締めたが、どうすることもできない。

ただでさえ、北方諸国は戦乱が続いており、各国は難民の締め出しに躍起となり、流民などが入り込まぬよう、厳しく国境を閉ざしている。

そんなものを受け入れても、食料と水を浪費するだけであり、家も持たぬ彼らを養えるような余裕など何処にもない。

あったとしても、それらを見知らぬ流民のために使おうなどとは夢にも思わないだろう。

素性の判らない者を大量に受け入れても、いつ泥棒や火付けに変貌するか判らず、下手に疫病などを持ち込まれては、洒落にならないといった態度である。

冒険者として諸国を巡ってきたミンクは一定の理解を示したが、オルガンは辛辣であった。

「お前の国はいつもそうだ。口では救済を掲げながら、実際には何もしない」

「ちょっと、オルガン………」

「ただの傍観者であるなら、まだいい。しかし、お前の国は争いをバラ撒いているだけだ。諸国に神殿を建てては争いを煽り、大量の食料を与えながら果てしない泥沼を作っている」

オルガンの言葉に、ヲタメガは何も言い返すことができず、目を伏せる。

実際、北方諸国がこれだけ長く戦争を続けていられるのも、皇国から売り込まれる安い食料があってこその話であった。

でなければ、各国はとうに干上がり、自然と和睦や休戦の流れになったであろう。延々と戦争を続けられる国家など、存在する筈もないのだから。

その果てしない泥沼を意図的に生み出しているのが、ライト皇国であった。

皇国は西方で版図を広げつつ、北方での争いを高所から見下ろし、盤上の駒でも動かすように意図的に戦いを長引かせ、各国を疲弊させていくという政策を取っている。

「名ばかりの光と、力ずくでも救いをもたらす者。この両者が並べられた時――――さて、民衆はどちらに付くのだろうな?」

「………それは、あの方を指して仰っておられるので?」

「ここに送られた人間も、これから来る人間も、全てあの男が動いた結果だ。その間、光と救済を謳うお前の国は何をしていた?」

「ちょっと、オルガン！　彼に言ってもしょうがないでしょ………！」

オルガンからぶつけられる嵐のような言葉に、ヲタメガは反論せず、黙って頭を下げた。

実際、魔族領に侵入して囚われた人間を救い出すなど、夢物語でしかない。やれ、と言われてやれるような範疇の話でもない。

オルガンの言動は無茶振りというものであったが、ヲタメガは何処までも真摯であった。

「本国の至らなさも、全て私の力不足によるものです」

「フン…………」

黙って頭を下げるヲタメガの姿に、オルガンはつまらなさそうにそっぽを向く。彼女は元々、魔の殲滅を掲げる皇国に対して好意を持っていない。

「失礼ですが、貴女の変化も、あの方が関わっておられるので？」

オルガンは魔の気配を消す魔道具を所持している。

しかし、聖勇者たるヲタメガの目は欺けない。彼が今、オルガンから感じる気配は魔人ではなく、完全なる〝悪魔〟であった。

「私は、ルシファーに選ばれた女だ――――」

オルガンはフードを外し、運命的な台詞を口にした。

その言葉と、頭の角を見て、ヲタメガはごくりと唾を飲み込む。禍々しい気配だけではなく、そこに凄まじい〝火〟の力を感じ取ったからだ。

「オルガン、貴女ねぇ…………まだそんなことを言ってるの⁉」

「真実を述べて何が悪い？」

「目を覚ましなさい！　心まで奪われてどうするのよ！」

「別に、体も奪われて構わん」

「いやぁぁぁぁぁ！　あの男の洗脳が、そこまで……私も洗脳や呪いが進めば、そんな気持ちになっちゃうの⁉」

「いや、お前は大丈夫だろう………」

2人が騒ぐ姿を見ながら、ヲタメガの背中に冷たい汗が流れる。

何だかんだと言いながら、頼りになる存在であった2人が何時の間にか魔王に篭絡されているのだから。ヲタメガからすれば、人類側の主力を引き抜かれたようなものである。

「大体ね、選ばれた女なんて──」

「安心しろ、ミンク。お前は選ばれていない」

「ちょ、ちょっと！　それはそれで、何か失礼なニュアンスじゃない⁉」

「お前は選ばれていない。何度でも言う。選ばれていない」

「あぁぁぁ！　何か腹立つわね、そんな風に言われると！」

実のところ、オルガンの〝選ばれた〟という言葉は間違っていない。

魔王が彼女に与えた《名誉戦乙女《ヴァルキュリア》》とは、不夜城攻防戦の際に世界中のプレイヤーを裏切り、大帝国の魔王に寝返った者に下賜される衣装である。

真っ当なプレイヤーからすれば、ラスボスの打倒こそがどんなゲームにおいても最終的な目標であり、悲願であろう。それが、あろうことかラスボス側に寝返り、あまつさえ自分たちの敵になって襲ってくるのだから洒落にならない。

不夜城を巡る戦いにおいては、側近たち以前に寝返ったプレイヤーとの熾烈極まりない戦闘に打ち勝たなければならない仕様であったのだ。

これは〝大野晶〟がプレイヤーたちの間に断絶を作り、分裂させることを謀ったものであるが、何年もの間、その関係が続いたことにより、その断絶と分裂は――――〝本物〟になった。

本人もそこまで意図していなかったであろうその現象は、様々な不確定要素を孕んでいくことになる。これも余談になるが――――

側近たちからしても、《名誉帝国騎士》と《名誉戦乙女》の衣装を着たプレイヤーは特別な存在であった。まず最初に、互いに攻撃ができない。

特殊な関係であるため、広範囲に及ぶ攻撃を仕掛けても、互いにノーダメージである。

かつての会場では後半期に入ると、これら寝返ったプレイヤーたちが猛威を振るっていたこともあり、側近たちからすれば「味方」であるだけでなく、「頼りになる味方」という極めて珍しい認識を抱く存在でもあった。

そう言った意味においても、オルガンの「選ばれた」という言葉は間違っていない。

「あら、あの土煙は………来たようね」

「随分な馬車の数だ」

選ばれた、選ばれてない、と無意味な言い争いをしていた2人であったが、後方から立ち昇る土煙を見て、警戒するように目を細める。

やがて、黄色い雲のようなものに乗ったモンキーマジックとシャオショウが現れた。

「ふぅー、ようやく到着か。長かったゾ」

「こいつは気力をバカ食いするから、あんまり乗りたくないんでさぁ………」

噂に聞く獣将をはじめて見て、ヲタメガは警戒するように視線を強める。後ろで置物になっていたハマーは、腰を抜かしたようにヘナヘナと地面に座り込んだ。

「ぉ……？　怪我もしてないのに包帯を巻いた女。お前、生きてたのかゾ？」

「当たり前でしょ。勝手に殺さないで」

「お嬢さん、今日は鹿人の真似はしないんで？　ピョンピョン跳ねてくれてもいいんでさぁ」

「誰が鹿人よ！」

親しげに会話するミンクを見て、ヲタメガは複雑な表情を浮かべる。

人類という種にとって大きな、大切なパーツが抜け落ちたような感覚である。彼女がこれまで通り、人間のために動いてくれるのかどうか、判らなくなってしまったのであろう。

オルガンも前に出て、短く言葉をかわす。

「向こうでは、世話になった」

「ん。前よりも、良い目になっているゾ。迷いのない女は強くなる」

「フン………」

オルガンは珍しく笑みを浮かべた後、後方から近付いてくる土煙へと目をやる。

天蓋のないタイプの馬車が、何台も列を成していた。

それを引く馬は、神獣とも魔獣とも呼ばれるスレイプニルであった。

巨大な黒い馬体に、目が覚めるような白いたてがみ、そして、8本の足が生えている。人間が扱う馬とは、次元の違う存在であることは言うまでもない。

オルガンはそれを見て、一区切りついたと言わんばかりに口を開く。

「これで、仕事は終わりだ。我々は北へと赴く」

「北、とは?」

ヲタメガが鋭く問うものの、オルガンは何も答えず、目を閉じる。

答える義務などない、と言いたいのであろう。

「さて、これで俺たちの仕事も終わりゾ。帰って猿酒飲んで宴会ゾ!」

「旦那ぁ、まだ宴をやるんで? 流石に俺っちは疲れてきたんでさぁ…………」

「それと、箱を背負った変な人間――――そう、お前ゾ」

モンキーマジックはヲタメガを一瞥し、挑発的な言葉を投げかける。

その眼差しは鋭く、殺意すら篭められたものであった。

「劣ったヒトにしては中々やるようだが…………俺たちの森に入れば殺すゾ」

「…………そんな機会がないよう、祈っております」

「あと、邪神に言っておけ! この頭のアクセサリーはもう返さんゾ!」

モンキーマジックはそれだけ言い残すと雲に跨り、軽々と飛び去る。残されたシャオショウも、何かを叫びながら、それを追っていく。

「ちょっ、旦那ぁ！　俺っちを置いていくなんて酷いんでさぁ！」

「おっ、素で忘れてたゾ」

雲がUターンして引き返し、河童を拾いながら宙返りを披露する。その無軌道な動きに、運ばれてきた者たちから感嘆の声があがった。

それは、人間たちへの一種の示威行為であったのかも知れない。遠く離れた上空で、挑発的な笑みを浮かべていたモンキーマジックの顔は、いつしか真顔になっていた。

「あの箱人間――――危険ゾ」

「どういうことでさぁ？」

「俺も、負けるかも知れん。いや、〝虎〟でも危ないかも知れんゾ」

「ハハッ、冗談はよしてくだせぇ。旦那や虎が勝てない人間なんざ………」

シャオショウは軽く笑ったが、モンキーマジックの顔色を見て真顔になった。プライドの高いモンキーマジックが、冗談であってもそんなことを口にする筈がないと。

「念のため、あの箱人間のこともタツ様に報告するゾ」

「へ、へい………」

雲がスピードを上げ、一瞬で視界から消えていく。それと同時に、馬車から次々と囚われていた人間たちが降り、嬉しそうに歓声を上げた。

人の国に帰って来たことを、改めて痛感したのであろう。その数は軽く見ても数百名の規模であり、ヲタメガはその数に眩暈を起こしそうになった。

恐るべきことに、その中にはバニーらしき存在までいる。さしものヲタメガも、頭が真っ白になるような光景であった。

オルガンはそれを見て、さり気なく聖勇者へと告げる。

それは助け舟ではなく、どちらかと言えば文字通り、〝悪魔の囁き〟であったろう。

「手に余るようなら、あの男に投げればいい」

「…………馬鹿なことを仰らないで下さい」

オルガンの言葉に、ヲタメガが目を剥く。あの男とは当然、魔王のことであり、ヲタメガからすれば笑えない話であった。

折角、魔族から解放されたというのに、その親玉の下へ送り出すようなものである。

「なら、お前に名案でもあるのか？　連中を心から受け入れ、歓迎してくれる場所でもあると？　それならば、何も言わんさ」

「本国に、私が直接…………」

「お前が帰ってくる前に、放り出されるのがオチだろうよ。万が一、お前の言う通りになったとしても、魔族に囚われていた連中をあの国が歓迎すると思うか？　穢れた存在、悪魔憑きなどと称して、見せしめの火炙りにするのが関の山だ」

オルガンの容赦ない言葉に、ヲタメガは返す言葉もなかった。

実際、そうなるであろうと本人も思ったのだろう。

「悪いことは言わん。今回はあの男に任せるんだな。この事態を作った本人に投げれば済むだけの話だ。お前たち人間は、責任を取らせるのが大好きじゃないか」

「………………っ」

オルガンは言いたい放題に皮肉を放ち、ヲタメガを挑発する。

正しくはヲタメガではなく、その後ろにいる皇国に向けて積年の降り積もった何かを叩き付けたくなったのだろう。

２人の様子を見かねて、ミンクが口を挟む。

「勇者君、思うところはあるだろうけど、今回はオルガンの言う通りよ。皇国に送るくらいなら、まだ聖光国に送った方がマシだと思うわ」

「しかし………」

渋るヲタメガの前に、突如として一組の男女が現れた。

田原と、悠である。

「おーぉー、随分といやがるナ。宝の山ってか？　長官殿、万歳じゃねぇか！」

「怪我人や病人も多いようね…………ふふっ、確かに宝の山ね」

其々の口から出た第一声に、ヲタメガは混乱する。

一体、どういう意味で言ったのか。何故、喜んでいるのかと。

そもそも、彼らは何処から現れたのかと。

ヲタメガの混乱をよそに、田原と悠は人の群れに目をやったあと、オルガンへと視線を向ける。

正しくは、その衣装を纏った存在へと。

「よぉよぉっ！　あんたが、長官殿の選んだ〝第一号〟ってか？　嬉しいねぇ、頼もしい味方が増えるってのはよ」

「この世界における有数の実力者なんですってね。歓迎するわ」

田原だけでなく、悠まで柔らかい笑みを浮かべてオルガンへと向き合う。

理も非もなく、側近たちからすれば、その衣装を与えられた者は「頼りになる味方」であり、そこに個々人の感情を挟む余地などない。

その実力がどうであれ、人格がどうであれ、そんなものを超越したナニカ、である。あの男が、〝大野晶〟の設定が、見事に反映された結果と言っていいだろう。

「私はオルガンと言う。横のミンクは選ばれていないが、敵ではない。よろしく頼む」

「ちょ、ちょっと、私は選ばれるつもりなんてないからっ！」

田原はヘラヘラと笑い、悠はミンクを無視するようにオルガンに対してのみ微笑を向けた。

悠には遠く及ばないが、オルガンも目的のためであれば手段を問わない冷酷さがあり、２人は何処か似た気質を持っている。

今後を思えば、〝大帝国の魔王〟にプラスになる、と判断すれば、この２人はどんな非情な行動でも取るであろう。

それが互いに伝わるのか、悠とオルガンはその場から離れ、２人で何事かを話し合う。田原は早々に集団を連れ帰りたいのか、ヲタメガに向けて終わったことのように告げる。

「んじゃま、後は俺らに任せてくれや。皇国クンによろしくナ」

「お待ち下さい！　貴方がたは、あの方たちを再び奴隷とするつもりですか⁉」

ヲタメガの激しい言葉に、田原は呆れたように髪を掻く。

「人聞きの悪ぃこと言ってんじゃねぇよ。こっちはな、猫の手でも借りてぇくらいに忙しいんだ。暇で手が空いてる連中がいりゃ、根こそぎ来て欲しいくらいだっつーの」

「申し訳ありませんが、彼らの身の安全を確――」

「まっ、そう言われると思ってよ。ルナの嬢ちゃんとマダムから一筆貰ってンだわ」

田原はしっかりと封蝋された手紙をヲタメガに渡し、一服を始める。

そこには、聖光国の聖女と諸国に大富豪として知られるマダムの名が記されており、その身を保障するとの内容であった。

手紙を持つヲタメガの手が、僅かに震える。これを見ても尚、この話を蹴ると言うのであれば、聖光国の聖女と、マダムの顔に泥を塗るようなものであり、外交問題になりかねない。

「心配すんナ。よそで暮らすよか、うちで働く方が快適に稼げるからよ」

嘘だ、とヲタメガは叫びたかったが、手にした紙片がそれを否定する。そこには大陸中に裕福をもって鳴るマダムの名が記されてあるのだから。

マダムはその領内に土の魔石を産する鉱山を無数に抱えており、鉱夫として使うのであれば、実際に人手は必要であろうとヲタメガは推測する。鉱山の中でも、危険な場所で労働させるのであれば〝替え〟は必要になる、というのがこの世界の常識であった。

ヲタメガは長らく沈黙し、やがて力尽きたように田原へ皮袋を渡す。

本国からの応援は望めず、このまま置いておけば共和国の議会は必ず、彼らを力ずくで獣でも追い払うように追い立てるであろう。

ただでさえ逆侵攻の被害、その復興に追われるヲタメガにはどうすることもできない。

完全に、詰みの状態であった。

「今の私には……彼らを救う術がありません。せめて、これをお使い下さい。共和国の議会から預かった資金と、こちらは私からです」

「…………っと、随分と入ってんだナ」

議会から渡された金と、ヲタメガの全財産が入っていると思われる箱を渡され、田原は思わず面食らう。

議会から、と渡された金はともかく、ヲタメガから渡された小箱には田原も良く知る、聖貨が5枚も入っていたからだ。田原はこれが持つ価値を、今では知り抜いている。

（こいつぁ、また厄介な野郎だナ…………）

聖勇者の思い切りの良さに、田原は密かに舌を巻く。何処の誰が、見知らぬ人間のために何億もの金を放り出すであろうか？

そんなものがいるとしたら、余程の極悪人か、理解しがたい精神をした人間であろう。無論、田原からすれば、ヲタメガのその精神は理解しがたいものである。

聖勇者と呼ばれる、風采の上がらない小男から感じる気高い何かを嗅ぎ、怖れを抱くと同時に、こんな生き物がこの世に存在するのか、と困惑する思いであった。

田原の知る人間とは決して綺麗なものでもなんでもなく、其々の欲得や目的、自分にとっての損得を第一に考える生き物であるからだ。

であればこそ、相手を理解することもできるし、策をもって転ばせることもできる。

しかし、目の前のヲタメガを見ている限り、策略などでどうにかできるような精神をした生物ではなさそうであった。

田原はゆったりと一服しつつ、しみじみと思う。

（こいつに関しちゃ、長官殿案件にしといて正解だったナ。俺にゃ、手に負えそうもねぇわ）

田原は無言で箱の方はヲタメガに返し、連れて来られた集団へと歩いていく。

ヲタメガは金を突き返されたことに困惑し、慌ててその背を追う。

「お待ち下さい！　このお金でせめて彼らの境遇を――」

「要らねぇよ。この街も、今は大変なんだろ？　そっちに使ってやったらどうだい？」

「ですが…………！」

「悪ぃが、後は長官殿と話してくれや。俺ぁ、小難しい話は上司に任せることにしてンだわ」

そう言って、田原は手をひらひらと振って去っていく。

オルガンと何事かを話し終えた悠も戻ってきたが、彼女はヲタメガに冷たい一瞥をくれるだけであった。

「また会ったわね」

「…………先日の、助力に」

感謝を、と述べたかったのだが、ヲタメガの口からはどうしても次の言葉が出ない。礼や感謝を述べるには、悠から漂う気配があまりにも禍々しすぎた。

先日の逆侵攻を引き起こしたのは、この女性ではないのか、と疑ってしまうほどに。

「貴方の話は患者から良く聞くわ。随分と御立派な大望を持っているようだけれど、本当にその大望を叶えたいのであれば、長官の意に添うよう努力なさい」

「それは、どういう意味で仰っておられるのですか………?」

「あら、聞かなければ判らないの？　〝神の御心に添え〟と、そう言っているの――」

「神、ですって………!?」

悠の口から出た言葉に、ヲタメガは目の前が暗くなる思いであった。

何せ、魔王も「自らに歯向かう者こそが、反逆者である」と堂々と嘯《うそぶ》いていたのだから。苦し紛れに言い放った言葉でしかなかったが、徐々に色彩まで帯びてきたような格好である。

悠からすれば、魔王の中に〝絶対なる創造主〟の気配を感じており、文字通りの〝神〟であるとしか言いようがなかったが、ヲタメガからすれば笑えない。

堕天使ルシファーを神などにしてしまえば、伝承の何もかもが狂ってしまう。

「あ、貴女にとっては、あの方こそが神なのかも知れませんが………」

「近い将来、誰にとってもそうなるわ――長官の〝意〟は、〝世界の上位〟にあるの」

悠は意味深な言葉を残し、ヲタメガをロクに見ないまま去っていく。彼女にとって、ヲタメガなど単なる一風景にしか過ぎないのであろう。

ヲタメガもまた、去ってゆく悠の姿に戦慄を覚えていた。

禍々しい気配を纏っているだけなら、まだ良い。堕天使ルシファーの眷属であるなら、さもあらんと納得もできる。しかし、悠の纏う気配はそれだけではなかった。

（何故、あのような女性に信じがたいほどの〝祈り〟が捧げられているのか…………！）

聖勇者であるヲタメガは、善悪の気配に酷く敏感である。そんな彼の目を通して見る限り、悠は禍々しい気配だけではなく、無数のキラキラとした光も纏っているのだ。

それは、力なき者からの祈りであり、希望や祈願、そして、感謝であった――

皇国においても、徳の高い一部の聖職者が似たような輝きを発しているが、悠のそれは尋常ではない〝濃度〟である。

ヲタメガから見たその圧倒的な輝きは、殆ど〝信仰〟に近い。

（あの女性は、決して人に幸福や祝福を運ぶような存在ではない…………筈…………）

ヲタメガは知る由もなかったが、悠は貧民に対し、無償の医療行為を行っている。この時代、金のない貧民が病に冒されれば死に直結してしまう。

怪我も同様であり、薬代のために困窮する者も多い。

それを考えれば、無償で、しかも如何なる病や怪我をも完治させてしまう悠の存在など、患者からすれば〝救いの女神〟以外の何者でもないであろう。

（あの女性に捧げられている祈りは、まるで女神に対するような…………）

ヲタメガの頭に浮かぶのは、古くから伝承に謳われる〝女神モイラ〟であった。

皇国ではもう、禁句に近い扱いとなってしまった存在である。

伝承にある彼女の姿は凄まじい。

大いなる光に対しても、堂々とその方針に口を出したかと思えば、時に彼女の下した決定に、光も項垂れながら従い、時に光さえ翻弄されたと記述されているのだ。

それほどの力を持った存在が、ルシファーの堕天と共に歴史から姿を消したのである。

（まさか、とは思いますが…………）

女神がその後、どうなったのか？　伝承は黙して語らない。

皇国においては、邪心を露にしたルシファーと対峙し、返り討ちにあったと実しやかに囁かれているが、世間ではルシファーと共に堕天した、とされる説も流れている。

と言うより、その説が根強く支持され、今では定説化してしまったと言ってもいい。

人を気紛れで救い、時に無限の寿命を与え、時にその運命を甚振《いたぶ》り、光に対してさえ己の決定に従わせるなど、女神は破天荒な逸話が多すぎたせいであろう。

ルシファーと共に堕天してこそ、自由奔放な女神モイラ様に相応しいと民衆は考え、その説を皇国がどれだけ否定しようと支持し続けたという背景がある。

（あの時、２人が並んだ姿はまさに…………）

ヲタメガは先日の逆侵攻の際、高みから雲霞《うんか》のような魔物の群れを見下ろしていた２人の姿を思い出す。あれこそ、堕天したルシファーと女神モイラの姿ではなかったのか、と。

（最初に会った時、あの方は姿を消し、声だけの存在だった。そして、先日は…………）

その姿を露にした魔王は、まさに漆黒の存在であった。限りない〝叡智〟と〝暴〟を奇跡的なまでに内包した、稀代の反逆者に相応しい容貌であったのだ。

（一部の伝承には、女神モイラは３人いたという記述もありましたが………）

様々な逸話や伝承がヲタメガの頭に浮かんでは消え、その思考は果てしない泥沼の中へと引き摺り込まれていく。

「ゆ、勇者様……その、皆さんが、動いていきやすが………」

遠慮がちなハマーの声に顔を上げると、連れて来られた民衆が移動を開始していた。

ヲタメガは無言で、その動きを目で追う。

郊外で待機していたのか、無数の馬車が次々に現れ、民衆が笑顔で乗り込んでいく。どの馬車にも諸国に名高い、バタフライ家の旗が翻っており、その威勢たるや凄まじい。

「ゆ、勇者様……１つ、お願いがあるんでやすが………」

「お願い？」

「あっしも、あの方たちと一緒に行きたい、と思っておりやして………」

「ダルマさんも？」

ハマーも、色々と考えていたのだろう。

鈍臭い自分に復旧作業の仕事などできそうもなかったし、この街にいたとしても、若い冒険者たちから、いびられる毎日が繰り返されるだけだろうと。

それなら、まだ新天地でやり直した方がマシであると考えたのだ。

察しの良いヲタメガも、弱々しく頷く。

「これをお持ち下さい。どの業者であっても、最速で手紙を届けてくれます」

「て、手紙、でやすか………?」

「思い出した時で構いません。近況を知らせて下さい。私は暫くこの街にいますので」

ヲタメガはハマーに金属片を渡し、右手を差し出した。ハマーにはそれが何を意味しているのか判らなかったが、暫くして握手を求めているのだとようやく気付く。

同時に、狼狽した。

「あ、あっしのような者が……勇者様と、そんな、畏れ………あっ」

ヲタメガはハマーの手を握り締め、優しく笑う。

その目には相手を1人の人間として認め、慈しむ何かに満ちている。

「ダルマさん。貴方がいてくれたお陰で、随分と助かりました」

「い、いえ、あっしは、何も………」

「貴方といると、不思議と肩から力が抜けまして。聖衣箱に選ばれた日から、そんな日々はもう訪れないと思っていたのですが………どうか、お元気で」

聖勇者の優しい言葉に、ハマーは思わず涙ぐんでしまい、慌てて頭を下げる。情けない泣き顔を見られたくなかったのか、そのまま勢い良く走り出す。

ヲタメガは少し寂しそうに、去って行く民衆の群れをいつまでも見守っていた。

再会

――獣人国　秘密基地――

《とまぁ、そういう顛末でナ。長官殿、これで良かったのかい？》
《あぁ、上々の結果だ》
かまくら風呂に浸かりながら、魔王は田原と通信を行っていた。
聖勇者と会ったこと、獣人国から多数の人間が送還されたこと、それらを順次、ラビの村へと送っていること。
交わす内容は様々であったが、双方共に満足気である。
《田原、お前はあの男をどう見た？》
《勇者君かぃ？　ありゃ、俺の手には負えねぇわナ。まるで、〝誠〟って字が服を着て歩いてるようなもんさ……俺みてぇな小細工が多いタイプなんざ、一顧だにされねぇわナ》
田原のそんな感想に、魔王は火酒を口に含みながらしみじみと考える。そんなことを言い出したら、小細工どころか、嘘やペテン、勘違いや誤解に満ちた自分はどうなるんだと。
《あの手のタイプにゃ、悠も話になんねぇだろうしナ。悪いんだけどよ、やっこさんは全面的に長官殿に任せるわ》
《そうだな。あの男には私が当たろう》

《長官殿が当たるなら何の心配も要らねぇナ。あの手のタイプだきゃ、正直、敵に回したくねぇ。勝とうが殺そうが、こっちにゃデメリットしかねぇだろ》

田原の見たところ、あの勇者を殺したとしても民衆から石を投げられるだけで、何のメリットもない。どころか、民衆の心は一斉に離れるだろうと踏んでいる。

恐らく、それは取り返しの付かない一事となり、民衆の抱く怨嗟はいずれ大反発を生み、田原が最も恐れる、〝大乱の芽〟を生むことに繋がるであろう。

《俺ぁ、そう考えてるんだが、長官殿はどう思ってんだぃ？》

田原は魔王の心胆を探るように、あえて軽い口調で語る。

大帝国にいた頃の魔王であれば、あの聖勇者のような存在など真っ先に処刑し、民衆に恐怖をバラ撒くだろうと思いながら。

独裁者とは、恐怖政治とは、民衆に希望を抱かせるような存在を決して許容しない。それが、自らの足下を崩し、遂には墓穴を掘ることに繋がるからだ。

魔王は僅かに沈黙したのち、思ったことを素直に口にする。

《あの男は己の意思を尊び、世界を変えようとしている。これほど傲慢な男がいようか》

魔王は軽く笑ったが、それを聞いて田原も薄く笑う。

善悪のベクトルこそ違えど、長官殿とあの男は似ているではないか、と。自らの意思を世界の上に置き、世界の方こそ己の意思に従わせようとするなど、イカれた話でしかない。

まさに、田原からすれば「理解できない男たち」である。

《それと、前から思ってたんだが…………長官殿は、あのルーキーって街を随分と気にかけてるみてぇだナ》
《ふむ…………》
《真っ先に赴いたのもあの街なら、狙ったように逆侵攻なんてモンが発生して、おまけに今回は運ばれてきた連中の配達先の指定とまできたもんだ》
（いや、あの街しか知らねーから言っただけだよ…………！）
魔王はそう思ったが、下手に口を開くとボロが出かねないため、賢明にも沈黙した。
対する田原も、その沈黙に何事かを確信したのか、軽い口調で告げる。
《まっ、そういうことなら、そっちは俺が片付けちまわぁ。なぁに、あの勇者君とやり合うことを考えりゃ、朝飯前の仕事だわナ》
（やべぇ…………こいつ、何の話をしてるんだ⁉　ちゃんと説明してくれよ！）
グラスを持つ魔王の手が微かに震えたが、通信であったことが幸いし、辛うじて田原に気付かれずに済んだ。魔王は訳の判らない会話から逃げ出すべく、村へと戻ることを告げると、早々に通信を切った。
（はぁー、また俺の知らないところで、何かが勝手に進んでいくんだろうなぁ…………でもまぁ、何とかなるだろ。いや、なるに決まっている。ガハハ！）
またもや、無意味に男の充実感が胸を浸し、魔王は哄笑をあげる。このかまくら風呂に浸かっている限り、不安や悩みとは無縁の存在になれるため、色んな意味で恐ろしい施設であった。

かまくら風呂を出た魔王は着替えを済ませ、ケーキへ声をかける。

「では、そろそろ出発するとするか」

「は、はいっ！」

威勢よく返事をしたものの、ケーキは魔王の領地へ赴くことに内心では恐怖を感じていた。そこは魔族領よりも酷い、この世の地獄であろうと。

「休暇は名残惜しいが、やるべきことはやらねばな………《砦撤収》」

魔王の言葉に応えるように、秘密基地が跡形もなく消え去り、輝く光球となって、アイテムファイルへと収納される。

ケーキはその様に目を丸くしたが、内心で呻くだけで声には出さなかった。この男のやることにいちいち反応していてはキリがないと思ったのだろう。

「では、行くか。久しぶりの帰還だな」

魔王はケーキの肩を掴み、軽々とラビの村へ《全移動》を行う。

一瞬で視界が切り替わり、懐かしい風景が目に飛び込んでくる。

「ここが、魔王様の………」

ケーキの視界に映るそれは、あくまでも人間の街であった。縦横無尽に人や資材が動き、忙しくなく馬車が行き交っている。

一見すると、交易路が重なる地点で発展した交易都市のようにも思えるほどだ。

「長官、お待ちしておりました」

「うむ」

事前に連絡しておいた悠が笑顔で出迎え、横にいるケーキへと目をやる。

以前にトロンを連れてきた時と酷く似通った状況であった。

「長官、その子供が例の？」

「まぁ、亡国の姫といったところか。詳しいことは後ほど、本人の口から聞いてくれ」

ケーキは礼儀正しく一礼したが、その額から冷汗が流れた。

奴隷市で過ごしてきた経験か、はたまた、魔族と接触しすぎたせいであるのか？　ケーキの目に映った悠は一瞬、人の皮を被った悪魔のように見えたのだ。

（ヤ、ヤベェ……やっぱり、こいつらは人間じゃない…………！）

ケーキはそう確信したが、ここで怯えたところで事態は何も変わらない。むしろ、その強大な力を利用せんと内心で腹を括る。

「悠、まずはくまなく診察してやれ。後は温泉の入り方でも教えてやるといい」

「了解しました」

悠は嫣然一笑《えんぜんいっしょう》したかと思うと、優しくケーキの手を握り、村の中へと消えていく。温泉旅館や野戦病院などの施設を見て、ケーキの冷汗は恐らく止まらなくなるであろう。

2人を見送ったあと、魔王もロングコートを翻し、村の中へと入る。

ラビの村は今日も労働者が忙しなく動き回り、馬車の往来も激しい。誰かの怒鳴る声や、爆笑する声、バニーの子供たちの掛け声などが混ざり合う、猥雑といっていい空気である。

だが、魔王の姿が現れた途端、その空気は一変した。

誰もが口を閉ざし、自然とその姿勢を正していく。魔王を初めて見た者は呆然とするか怯えるかのどちらかとなり、運んでいた荷物を落っことす者まで続出した。

その外見からして、魔王の姿は異様の一言に尽きる。

この世界では珍しい黒髪に、見慣れないスーツ。おまけに漆黒を思わせるロングコートを纏う堂々たる偉丈夫である。

こんな人物が白昼堂々と往来を歩いていれば、人目を引かない訳がない。

「あ、あれが……噂の………」

「魔王、様か………」

「俺ぁ、神都であの人を見たことがあるぞ……デカい悪魔を一撃で吹っ飛ばしたんだ！」

「マジかよ！」

魔王はただ歩いているだけであったが、群衆のざわめきは大きくなる一方である。

当の本人だけは暢気に、いや、群衆からすれば心臓が凍えるような鋭い視線で村のあちこちへと目をやり、何事かを沈思しているようであった。

そんな重苦しい空気を切り裂いたのは、駆け寄ってきた1人の少女である。

「魔王様、戻られたんですねっ！」

久しぶりに見たアクの姿に、魔王の足が止まる。

その眩しい笑顔に、心の一部を貫かれたような気がしたからだ。それは決して不快なものではなく、どちらかと言えば大切なものを思い出したかのような感覚であった。

（あぁ…………そうか。これが、帰って来たという感覚なのか）

世の父親が娘から出迎えられたものとは少し違うものが、魔王の胸を優しく浸す。その感傷が何であるのか、この男にも判らない。

「魔王様、お帰りなさい！」

「うむ。元気にしていたか？　いや、聞くまでもなかったか」

魔王は駆け寄ってきたアクを両手で軽々と担ぎ上げ、柔らかい笑みを浮かべる。アクの顔や服には随分と泥が付いており、畑仕事を手伝っていたことが窺い知れた。

「あわわ……！　魔王様の手が汚れちゃいますっ」

「そんなことは気にするな。それより、つまらんものだが、土産だ」

魔王が差し出したのは一冊の本、《ポチの大冒険》であった。

本当につまらないものである。

「わー！　これって、聖城で見たワンちゃんのお話ですね！」

「読んでも、クソの役にも立たん内容だったがな」

「そ、そんなことありませんよ！　スライムに襲われていた雌犬を、ポチが鋭い歯と牙で」

「スライムと言えば……この前、会ったな」

「えぇ⁉　大丈夫だったんですか⁉」

「薄い本に出てきそうな、妙なやつだったよ」

「ウスイホン、ですか…………?」

　２人の何気ない会話が続いていたが、それを見ていた労働者たちの動きが完全に止まる。あの恐ろしげな存在が、アクにだけは笑顔を見せて会話していることに。そこに、トロンもふわふわと飛んでやってきたかと思うと、魔王の背中におぶさったのだから堪らない。

「私も読みたいの。あと、お帰りなさいなの」

「背中に乗るな。お前はコアラか」

「早く読みたいの。読んで、今すぐ」

「いつからここは幼稚園になった…………」

　魔王がぶつくさ言いながら、２人を連れて温泉旅館の方へと去っていく。一部始終を見守っていた群衆たちは、その姿が消えるとホッと一息吐いた。

「アクちゃんを嫁に貰うには……あの人を説得しなきゃならないのか…………」

「ふざけんな！　お前みたいな甲斐性なしに、あの子を任せられるかよッ！」

「俺もトロンちゃんに乗られたい…………」

　労働者たちは次々と勝手なことを口にしていたが、何とも長閑な光景である。これまで、あの魔王が通過してきた地域の混乱を思えば、この地は天国であった。

　ただ、台風が通過しても、それで終わりではない。

　その多くに、「吹き返し」という異なる方向からの強い風が訪れる。それは、このラビの村であっても例外ではなかった。

「2人とも、まずは温泉にでも入って、汚れを落としてくるといい」

「はいっ、後で本を読んで下さいね！」

「壷湯に隠れて、入ってきた人を驚かせるの。壷トロンなの」

「そ、そんなことしちゃダメですっ！」

騒がしい2人が去り、更に騒がしい2人が訪れた。

バニースーツを着た、キョンとモモである。2人も時にマダムと共に温泉へ浸かっているのか、その肌は瑞々しく、髪も艶っぽく変化している。

扇情的な衣装もあってか、労働者たちの中で密かに2人の人気は高い。

ルナも2人に輪をかけたような美少女であったが、「聖女」という特別な立場にいる存在であり、労働者からすれば懸想相手とするには少々、難しい存在である。

現実味がない、と言い換えてもいいだろう。

悠も美女として知られているが、「神医」として見られることが多く、これもまた、労働者からすれば高嶺の花でありすぎた。

その点、2人は労働者たちと直に接することが多く、身近に感じられる存在である。〝亜人〟というハードルこそあったが、美しさとは時に、それらの偏見をも凌駕してしまうのであろう。

「お帰りなさい……ピョン♪」

「黒い人、ルナ様が呼んでるウサ」

「やれやれ………と言うか、お前らいつまでその語尾を続ける気だ？」

休む間もない、と魔王はこぼしながら温泉旅館の階段を登っていく。

三階にあるいつもの部屋に入ると、そこには心なしかソワソワした様子のルナと、微笑を浮かべるイーグルが座っていた。

「も、戻ったのね…………遅かったじゃない」

「まぁ、色々とあったんでな」

言いながら、魔王はロングコートとスーツをハンガーにかけ、ネクタイを外す。完全にリラックスした格好で座布団に座ると、懐かしそうに部屋を見回した。

「あ、あの…………お茶です」

「ふむ」

イーグルが茶碗を差し出したが、そこに入っているのは緑茶などではなく、紅茶であった。

座布団に座り、和室の中で紅茶を飲むアンバランスさに魔王は内心で笑う。

「あれから何日経ったと思ってるのよ…………あんた、何処で何をしてたの？　変な女と遊んでたんじゃないでしょうね」

「変な女、か…………まぁ、確かに妙な女ばかりだったな」

魔王の頭に浮かんだのは茜を筆頭として、ミンクやオルガン、猫女などであった。見た目だけは子供だが、ケーキも相当なタマである。

まともな女なんぞいなかったな、と思うと不意に笑いまで込み上げてくる始末だ。

「な、何をニヤニヤと笑ってるのよっ！　いやらしい！　その無骨な手で他の女のお尻を――」

「何を言ってるんだ、お前は」

茶碗に入った紅茶を飲みながら、魔王はイーグルへと目をやる。意識しなければ、そこにいることさえ忘れてしまいそうなくらいに希薄な存在であった。

「体の具合はどうだ？　悠には診て貰ったか？」

「は、はい……お陰さまで、体の傷も癒えました」

イーグルは恐縮したように頭を下げ、そっと瞼を伏せた。

魔王の目から見ても、その姿は透き通った空気に包まれており、近寄ることすら躊躇われるような雰囲気を放っている。

「ねぇ、魔王。悠はどんな怪我も治せるのよね？　羽だって、治せるのよね？」

「羽……………？」

言われて見ると、確かにイーグルの背中には羽らしきものがあったが、とても短い。引き千切られたように、その形は歪であった。

「悠はこの世に存在する如何なる病も、怪我も治癒する。手足が千切れようが、五臓六腑がブチ撒けられようが、それを再生することも可能だ」

ルナの問いに、魔王は力強く答える。悠の特殊能力である《神の手》の効果を何度も見てきたこともあってか、その返答に迷いはない。

「ほら、魔王もこう言ってるでしょ……さっさと悠に治して貰いなさいっ！」

「………………ルナ。羽を生やした人間なんて、不気味がられるだけだよ」

イーグルの返答は、重い。

実際に、迫害と偏見の中で生きてきたのだから。いつものルナであれば、頭ごなしに言うことを聞かせるであろうが、こればかりは難題であった。

「だ、だから、ここは私の領地なのよ！　妙なことを言う奴がいたら、追い出すわ！　いえ、処刑よ！　処刑！」

「無茶なことを言わないでよ………」

2人の会話を聞いて、魔王も大体の事情を察する。

聖光国が亜人と呼ぶ種族に対し、厳しい態度をもって臨んでいることを。トロンなども本来は討伐対象であり、この村以外では生きていけないであろうことも。

ラビの村は元々、亜人と呼ばれるバニーたちの村であり、聖女ルナの領地ということもあって、かなり特殊な立地にある。

外部からの介入を許さない、治外法権の土地と言っていいだろう。何の援助もない代わりに、多くのことがお目こぼしされている。いや、正確に言うのであれば、〝毛外の地〟ということで、多くの貴族や権力者から〝無視〟されてきた場所であった。

「僕は、バニーたちとは違うんだ」

イーグルは顔を伏せ、か細い声で呟く。

バニーたちは、「智天使様が愛でられた」という伝承が残っており、亜人に対する蔑視が激しい聖光国の中でも唯一、認められている存在である。

イーグルのように、鷹の翼を持つ亜人などが現れては大きな問題になるであろう。ともすれば、それはルナの弱点となり、失脚させるための格好のネタにもなりかねない。

聖女という立場を思うイーグルと、友人のことを思うルナの気持ちは何処までいっても平行線であり、決着がつきそうになかった。

「人は弱い。だから、自分たちの下に何かを置きたがる。それを見て、安心するためにな」

2人の話に耳を傾けていた魔王が、ようやく口を開く。

この男にしては珍しく、その表情は何処か真面目であった。思うところがあったのか、ルナとイーグルも黙り込む。

「私は目覚めてから、これでも多くの種族を見てきたつもりだ。人間や魔人、ドワーフや猫女、牛や猿、おまけに河童なんてのもいたな」

言いながら、魔王は呆れる思いであった。

次々と形の違う宇宙人に遭遇し続けているようなものであり、これだけ奇妙な体験をしてきた人間はハリウッドスターの中にもいないだろうと。

「私の見たところ、どれも人間と大差ない。騒がしい奴らばかりだったが、愉快な連中だったと思う。言葉が通じて、握手もできるであろう存在と、互いにいがみ合うなど無意味なことだ」

魔王の語る内容は、至ってシンプルで単純なもの。

この世界のしがらみに囚われない、いや、頭から無視している存在だからこそ、口にできるものであろう。

他の者がドワーフや魔人とも握手できる、などと口にした日には、どのような目で見られるか火を見るより明らかである。

「貴方は…………僕のような存在も、受け入れると言うんですか。それによって、多くの不利益を蒙ることになったとしても？」

イーグルの言葉を聞きながら、魔王は何とも嫌な気分になった。

まるで、イジメられている者を庇った者まで、翌日から白い目で見られ、同じようにイジメられるような、悲惨な光景であると。

それだけに、馬鹿馬鹿しさの方が先立った。

いい歳をした大人が、揃いも揃って、何をガキ臭いことをしているのかと。

「馬鹿馬鹿しい。そんなことで不利益を蒙るなら、そんな連中と付き合う必要はない。まして、私の邪魔をするというのであれば――――容赦はしない」

魔王の鋭い眼光に、イーグルの体が一瞬、ビクリと震える。

その黒い瞳の奥に、優しさと同じだけの分量で、残酷さも備わっていると感じたからだ。事実、この男は自らの障害になるようなものが現れれば、何の躊躇もなく踏み潰すであろう。

「まぁ、羽のことに関しては他人がとやかく言うことでもない。時間をかけてじっくりと考えると良いさ。ただ…………」

「ただ…………？」

「自らが持つ力を、生み出したものを、備わったものを、取り戻そうとするのは自然の摂理だ」

確信めいた口調で、魔王が言い放つ。

必要に迫られれば、他人の目など気にせず、それを欲するであろうと。イーグルも思うところがあったのか、力なく頷く。

ルナもそれを見て気分を良くしたのか、能天気な声を上げた。

「フフン。良く判らないけど、イーグルも納得したようね…………あんたもたまには仕事をするじゃない。これからも私のために励むのよ」

「お前と付き合っていたら、励むどころか、頭の方が禿げるだろうよ」

「ちょっと、それどういう意味よ!?」

魔王はそれだけ言い残すと、手を振って奥の寝室へと入る。

あれだけ長期間のバカンスを楽しんでおきながら、まだ休むつもりであるらしい。

「まぁ、今日のところは良いわ。それじゃ、イーグル。温泉に行くわよ」

「またかい？　今日はもう、２回も入ったじゃないか…………」

「あんたは本当に馬鹿ね。温泉に入れば入るほど、より美しく、可愛くなれるんだからっ。入らない手はないわよっ！」

「お水とお湯が勿体ないよ…………それに、僕なんかが綺麗になっても…………」

「あーっ！　もう、うるさい！　あんたのその貧乏性を叩きなおしてやるわっ！」

「ちょ、ちょっと…………！」

ルナが無理やりイーグルを立たせ、慌しく部屋を出ていく。

温泉旅館は女性にとって桃源郷のような施設であったが、男も例外ではない。特に、老人からすれば堪えられぬ施設であった。

村に滞在していたアーツなどは早々に領地に戻ろうとしていたのだが、温泉の持つ魅力にズルズルと引き摺られてしまい、長逗留になってしまっている。

今日もアーツは起床してから、日課となっている鍛錬を入念に行ったのちに質素な食事を取り、湯へと浸かっていた。

長時間の鍛錬で疲労した体が、瞬く間に生き返るような心地である。

（早く、要塞へ戻らなければ……………）

アーツは毎日のようにそう考えているものの、どうしても体が動かない。

要塞にいるサンボからも、「たまには骨休めして下されぃ」と気の利いた連絡がきており、余計に長逗留を後押しすることになってしまったのだ。

（しかし、何という施設か。まるで、悪魔の誘惑に囚われたようではないか……………）

アーツは鍛錬のあとに火照った体を水風呂で鎮め、続けてサウナに入って汗を流し、更に水風呂へと入り、最後に露天風呂へ浸かるというコースを毎日繰り返している。

驚くほどに身が引き締まり、疲れなど見る見るうちに吹き飛んでしまう。

日によってアーツは泡風呂や炭酸泉へと入り、老いた体を労わっていたが、時には壷湯の中で瞑想に耽ることもある。

まさに、温泉の満喫といったところであるが、彼のこれまでの功績を考えれば、どれだけ贅を尽くした歓待を受けても全く足りないであろう。

（それに、この露天風呂の湯ときたら、どうだ…………）

竹に囲まれた屋外で、心地よい湯に浸かる贅沢さは言葉にもならない。耳をすませば、ときに鹿脅《ししおど》しが鳴らす爽快な音が鼓膜まで震わせてくる。

（女帝め……このような施設を独占しておったとは…………）

それを思えば、アーツは腹立たしくもなるのだが、そんな感情は込み上げる心地良さにすぐさま掻き消されてしまう。露天風呂には疲労の回復だけではなく、「日常からの解放」という効果が付属しているためだ。

アーツのように、多くの責任と重責を担う男にとって、この露天風呂ほど心地良い空間は他に存在しないであろう。

（明日だ……。明日には出発し、要塞へと…………）

アーツは毎日のように固く誓うものの、その誓いからも解放されるのだから笑えない。

かまくら風呂で無駄に充実感を満たし、廃人になりかけていた魔王と同じ状態である。

「お爺さん、ワインを持ってきたピョン」

「今日も良い感じに枯れてるウサ」

突然の闖入者に、アーツは思わず立ち上がりそうになったが、慌てて体を沈める。

アーツに何かと構う、キョンとモモであった。

「君たち……ここは男が使う場所であると言った筈だ。女性は向こうの施設を」

「私たちは旅館の運営を任されているから、関係ないピョン」

「温泉に入りたければ、我々の言うことを聞くウサ……ウッサッサ」

実際、温泉旅館の清掃や接客、備品の補充に至るまでキョンとモモを中心にしてバニーたちが行っており、アーツなどは部外者でしかない。

この施設においては、完全に2人が上位者であり、武断派の盟主たる立場など全く通用しない極めて厄介な場所であった。

「大体、君たちのその格好は何だ……少しは恥じらいというものを……」

アーツは2人が着るバニースーツから目を逸らしながら、苦言を漏らす。とうの昔に性欲など消え果てたアーツであるが、それでも2人の格好は異様であった。

「あっ、お爺さんが照れてる。ちょっと可愛いピョン♪」

「枯れたじじぃのハートにも火を点ける。我々は罪作りな女……ウッサッサ」

キョンのからかうような声に、モモの奇妙な、それでいてわざとらしい笑い方にアーツは顔を覆う。その心中に去来するものと言えば、1つである。

(何故、智天使様はこのような種族を愛でられたのか……)

話が神話時代にまで遡り、アーツの中で無駄に壮大なものへと変化していく。生来の生真面目さであったのだろうが、考えるだけ全く無駄な内容でもあった。

そこへ、昼寝から目覚めた魔王までやってきたのだから堪らない。

「ここは男湯だというのに、困ったものだ――」

手にした桶の中には、何やら酒やグラスまで入っており、準備万端といった姿であった。

アーツは恐縮したように湯から出ようとしたが、魔王はそっと手で抑える。現れた魔王を見て、キョンとモモは好き勝手に声を上げる。

「こっちの管理も、私たちに任されてるピョン」

「たまには黒い人の黒い髪を洗ってあげてもいいウサ」

「要らん。と言うか、まだ妙な語尾を付けているのか……それと、さっきは言い忘れていたが、獣人国よりバニーが30人ほど帰って来るそうだ」

「「えっ……？」」

何気なく告げられた言葉に、キョンとモモの体が固まる。

かつてのラビの村には多くのバニーたちが住んでいたが、打ち続く干ばつや重税に耐えかね、1人、また1人と新天地を求めて去っていったのだ。

去って行く方にも希望などはなく、それを見送る側の心境も悲惨の一言に尽きる。他の地方へ行こうと、亜人であるという蔑視は常に付き纏うのだから。

奴隷のような立場で、高価な人参を延々と作らされるのが目に見えている。

「か、帰って来るって誰が!?」

「名前は？　具体的に言って！」

「名前までは知らんが、住居の手配などを田原と相談しておくといい」

「やったー！　皆が帰って来る！」

「他の皆にも知らせよう！」

２人が大慌てといった姿で走り去り、露天風呂が静寂を取り戻す。

魔王はやれやれ、と言った格好で腰に巻いていたタオルを外し、ゆっくりと湯の中へと体を沈める。途端、絶妙な湯加減に全身が包み込まれた。

一連の会話を聞いていたアーツも思うところがあるのか、無言で魔王の顔を見つめる。

「従業員が迷惑をかけたようですな」

「いえ、そのようなことは」

「その後、体の具合は如何ですかな？」

「………お陰さまで、五体を失わずに済みました」

千切れ飛んだ足が元通りになり、捻じ曲がった両手が何事もなかったように動く。

アーツはしみじみと思う――――悪魔の所業だ、と。

あの不思議な包帯や悠の治療に関して、アーツとしては聞きたいことが幾らでもあったのだが、同時に聞くのが恐ろしかった。

古来より、悪魔というのは甘言を弄しては人の心、その隙間に入り込む。

何らかの願いを叶え、その代償を求めるケースなどは代表例と言っていい。その例で考えるのであれば、アーツは何を要求されるのかと空恐ろしかった。

魔王も魔王で、一国の重鎮と何を話して良いのか判らず、表向きだけは思慮深げに目を閉じ、湯を楽しんでいるというポーズを取っていた。

ひとまず、話題を変えようと口火を切ったのはアーツである。

「貴方が、これほど亜人に寛容であったとは。どの歴史書にも記されてはいなかった」

堕天使ルシファーと亜人の関係は未だに謎が多く、ハッキリとしていない。

歴史に記されているのは、ルシファーは大いなる光と敵対し、亜人たちは神話における大戦争の中で独立し、人間と敵対したと描かれているのみである。

「………歴史書などに、私の姿は記されていない」

嘘ではない。

この男が、歴史書などに記されている筈もないのだから。可能性で言えば詐欺師として警視庁の逮捕者リストに名を連ねるぐらいであろう。

「あれらは事実とは異なり、本当の貴方の姿とは違うと？」

「本当の私とは、目の前にいる。それ以外の姿など、私の知ったことではない」

「…………っ」

本物の堕天使ルシファーを塗り潰すような発言であったが、それを咎める者はこの場にはいない。むしろ、アーツの頭をよぎったのはマダムの言葉である。

《そんなに気になるなら、あの方の統治、というのを直に御覧なさいな。歴史書なんて開くまでもなく、今、貴方の眼下に広がっているじゃない》

まるで、聞き分けのない子供を嗜めるような言葉であった。

二の句が継げなかった嫌な記憶を思い出し、アーツの顔に苦笑が浮かぶ。

「それにしても、御老体とは思えぬ良い体をしていますな――――」

魔王は惚れ惚れとしたように言う。

アーツの肉体は60を超えた老人とは思えぬほどに頑強で、筋肉質である。ボディビルダーのように魅せるための肉体ではなく、その体には数え切れないほどの裂傷が刻まれていた。

数多の戦場を駆け抜けた、それこそ歴史を物語る肉体であろう。同性から見ても、その姿や、立ち振る舞いは凛々しく、理想の上官といったところがある。

「醜いものをお見せした。私はそろそろ、上がらせて頂く」

「何を仰られる。古来より、男には裸の付き合いというものがあるではありませんか」

魔王はアーツの肉体を鋭い目付きで眺めつつ、まぁまぁと押し留める。この機会を利用して、何とか国の重鎮と太いパイプを繋げておこうとしているのだろう。

アーツからすれば、それは恐怖を伴った〝悪魔の囁き〟にしか聞こえなかった。

（裸の付き合い、だと………それは、本当に言葉通りの意味であるのか？）

悪魔とは、人の弱みに付け込む存在であり、大きすぎる代償を払わせ、人間を破滅させる者が多い。堕天使と悪魔は違う、とは思うものの、アーツとしては素直に頷けない。

（まさかとは思うが、〝突き合い〟などと言っているのではあるまいな………ッ⁉）

アーツの全身に戦慄が走り、つい、魔王がこれまで発した言動を振り返ってしまう。

《体の具合は如何ですかな？》

《良い体をしていますな》

《裸のつきあい》
《本当の私は、目の前にいる》
それらの言葉がアーツの頭をグルグルと回り、その顔が蒼白となっていく。堕ちた天使という
フィルターがかかっていることもあってか、それは実感を伴った恐怖となった。
素裸の空間で、男が２人――――心地良い温泉が、死地と化した瞬間である。
アーツは脳髄を絞るようにして、震える声で問う。
「し、失礼を承知でお聞かせ願いたいのだが……貴方には、妻子はいらっしゃらないのだろう
か？　どの歴史書にも、妻子に関する記述がない」
「私はこう見えて忙しくてね。女を求めている暇などない」
（やはり、堕天使とは倒錯した性的嗜好を………！）
国の重鎮から、政略結婚でも押し付けられては堪らないと魔王は即座に返す。しかし、それは
アーツの恐怖心を倍増させる効果しか生まなかった。
この死地をどう脱すべきかとアーツは苦悩していたが、そこに光明が差す。
「おぅおぅ、お偉いさんどもが雁首並べてやがる。どんな悪巧みをしてんだか………」
素裸で現れたのは、札付きの山賊集団・土竜の頭領、オ・ウンゴールであった。
その筋肉質な体には猛獣のような胸毛が生えており、実に荒々しい。口の周りに生えている髭
や顎鬚も、その容貌に一層の男臭さを与えていた。
好機と見たのか、アーツは疾風のような速度で立ち上がり、一礼する。

「……どうも長く湯に浸かりすぎたようで。私はこれで失礼させて頂く」

頭領へ目もくれずにアーツが去り、残された2人はポカンと口を開ける。頭領からすれば普段、殺意の篭った視線を向けてくる憎たらしい男でもあり、清々したと言わんばかりに笑う。

「へっ、堅物のじじぃが。さっさと領地に帰りやがれってんだ」

堂々たる姿で湯の中へと入り、頭領は魔王を真正面から睨み付ける。

これも、1つの再会であったのかも知れない。

「久しぶりじゃねぇか………… 〝魔王様〟よぉ？」

「…………そうだな」

「おめぇの部下の田原って小僧はなんだ？ 山賊を脅迫して働かせるなんざ、聞いたこともねぇ。オマケに、小便臭ぇ聖女の下僕にされちまうわ、てめぇと出会ってからロクなことがねぇ。聖赦の時なんざ、俺は手に針をブッ刺されて気を失うまで痛めつけられたんだぞッ！」

「なるほど…………失礼ながら、大爆笑ですな」

「何処に笑う要素があったッ！」

魔王のふざけた返答に、頭領は怒りも露に立ち上がる。濛々と立ち込める白い湯気の中、山賊が必死に叫んでいる姿は、それだけで妙な可笑しみを感じるものであった。

「そもそも、このオンセンってのはなんだ？ どうして水と湯がわんさか出やがる？ 田原って小僧に聞いても、ロクな返事が返ってこねぇ」

「小僧、か…………懐かしい響きだ」

「あん？」

魔王が薄く笑い、桶の中にある酒を取り出す。ドワーフが作った、火酒と雷水と呼ばれる非常に強いアルコールだ。

盗品関係で目利きの頭領は、魔王が取り出した品を見て目を剥いた。

酒の入った瓶からして、既に別格であった。クリスタルガラスと呼ばれるもので作製されたそれには、王侯貴族が扱うような複雑な文様が刻まれている。

「お、おい、それって………」

「知人から頂いたものでね」

「知人って、おめぇ…………それ、ドワーフの…………！」

魔王は無造作に火酒をグラスへと注ぎ、頭領へと手渡す。琥珀色に揺れる酒を見て、グラスを渡された頭領の手は自然と震えた。

人間の世界では、一本どころか、一滴で幾ら、で換算される品である。並々と注がれたそれは、まるで金銀を飲み干すようなものであった。

「………お、おい、言っとくけどな、あとで金を要求されても払えねぇぞ」

「そんなケチ臭いことは言わんよ」

「そうかい、何処でかっぱらってきたのか知らんが、俺ぁ知らねぇからな」

ぐいっ、と男らしく頭領は一口でそれを飲み干した。香りを楽しむような仕草なんぞ、不要といった姿である。

「お……おぉ…………あぁ、こりゃぁ…………」

「中々のものだろう?」

まるで、自分が作った酒であるかのようにドヤ顔で魔王が言う。聞いている方の頭領は、魔王の言葉など耳に入っていないようであった。

「本物、じゃねぇか。昔、3滴だけ飲んだことがあんだ。へっへっ…………!」

頭領が笑う姿を、魔王はじっと無言で見ていた。

その風貌といい、野卑た笑い方まで似ている、と。

「お前は、青木という男を知っているか? 42―OMGという単語に聞き覚えは?」

「ぁん? 何を言ってやがんだ、おめぇは。聞きてぇことがあんなら、もう少し口が柔らかくなるようにしてくれや」

頭領はウキウキとした顔で、グラスを突き出す。その姿に、魔王も呆れたように笑う。やはり、他人の空似かと。

それはそれで、一種の安堵を覚えるものでもあった。こんな訳の判らない異世界と、現実世界に何らかの繋がりがあったら洒落にならないと。

グラスに火酒を注いでやりながら、更に魔王が問う。

「お前は、あのアーツという爺さんを知っているのか?」

「知ってるもクソもあるかよ。あのじじいにゃ、一度殺されかけたんだ。気が付きゃ包囲されて、部下の殆どが獣みてぇに殺されちまった」

「あぁ、お前は山賊をしていたんだったな……ははっ、実にお似合いだ！　私も、お前の前世は山賊か海賊辺りだろうと思っていた」

前世、という言葉を己で口にしながら、魔王の背筋にぶるりと悪寒が走る。何か、それは意味のある単語ではなかったか――――と。

「なぁにが前世だ。胡散臭い占い師みてぇなことを言いやがって」

露天風呂に浸かりながら火酒を口にし、極楽気分で頭領が嘯く。〝魔王〟と呼ばれる存在を前にして、これはこれで大した胆力である。

「………まぁ、いい。それで、今は何の仕事をしているんだ？」

「あの小僧が井戸を掘れってよ。ったく、ここの連中はどいつもこいつもイカれてやがる」

「井戸、ね…………田原は滑車を取り付ける気なんだろう」

言いながら、魔王の頭に古い記憶が1つ、蘇る。これまで、思い出さなかったことが不思議なほどの、記憶の断片を。

「あの妙な滑車か……この施設といい、おめぇらは一体、何なんだ？　天使か悪魔の類ってか？それとも、西方にいるっつー、錬金術師《アルケミスト》とかいう連中か？」

魔王はその問いに答えず、自身も火酒の入ったグラスを傾けた。

井戸に纏わるエピソードを、手繰り寄せるように。

「大体、こんな乾いた土地に井戸を掘って何になる？　それこそ、徒労ってやつだ。ここはな、お貴族様から〝毛外の地〟なんて呼ばれてる場所なんだよ」

「…………クリエイターの仕事とは、得るか得られないか判らないまま、暗い井戸を掘って進むようなものだ。やってみなければ判らない。徒労に終わり、世間から笑われたとしてもな」

「あぁん⁉」

「昔、お前に似た知り合いが…………そんなことを言っていてな」

それだけ言うと、魔王は桶ごと頭領の方へと押しやり、湯から出る。

桶の中を覗き込み、頭領は目を疑うような表情となった。

「おめぇ、これ…………〝雷水〟じゃねぇのか？　おい、もう絶対に返さねぇぞ！」

「売るなり飲むなり、好きにしろ」

「バッカ野郎！　こんなもん、勿体なくて売れるかよ！　金になんぞ変えられねぇ！」

「ははっ、金より好物か…………変わらないな、あんたは。いや、違った。忘れてくれ」

失言に気付き、魔王は軽く首を振る。

立ち去ろうとする魔王の背に、頭領は珍しく真面目なトーンで声をかけた。

「おい、魔王様よぉ」

「ん？」

「…………俺ぁ昔、井戸を掘って、皆で好きなだけ水を飲むってのが夢だった。おめぇらが悪魔か悪霊の類かは知らねぇが、俺も飽きるまでは少し、付き合ってやってもいい」

「…………そうか。なら、励め。今度は私がコキ使ってやろう」

「あぁ？」

邪気のない笑みを浮かべ、魔王はくっくっ、と笑いながら立ち去っていった。頭領からすれば訳が判らない態度であったが、手にした雷水を見て、思わず頬ずりしてしまう。

売れば当分は遊んで暮らせるであろうが、やはり飲むつもりであるらしい。


温泉を出ると、そこには浴衣姿のアクがいた。

「何だ、待っていたのか？」

「はいっ、魔王様が村にいるのが、何だか嬉しくて…………」

アクの無邪気な笑顔に、魔王も釣られたように笑う。

まんま、父娘じゃないかと。

「丁度良い。今のうちに秘密基地を設置しておくか」

「ひみつ……きち？」

「明日は少し、忙しくなりそうなんでな。万が一を考えて、避難場所を作っておく」

それを聞いて、アクは可愛らしく首を傾げたが、実際に見せた方が早いと思ったのだろう。

2人は温泉を出て、横の空き地へと赴く。魔王は懐からアイテムファイルを取り出し、そこに記されていた秘密基地を取り出した。

「砦設置──────《秘密基地》」

白く輝く光球が、瞬く間に小洒落たコテージとなり、辺りの風景に溶け込んでいく。以前にもアクは拠点の設置を見たことがあったが、今回は全く異なる建物であった。

「す、凄いですっ！　これは魔法のお家ですか、魔王様！」

「うむ。男の浪漫を詰め込んだ基地だ。この中にいれば、まず見つかることはない」

「あ、あれ……？　でも、お家が消え……」

「この拠点は設置者以外には、ほぼ感知できないんでな。アクに譲渡しておく」

そう言って、魔王は砦を撤収し、白く輝く光球をアクへと手渡す。

アクはあわわ、とお手玉をするように光球を受け取ったが、どうすれば良いのか判らず、困惑した表情を浮かべるばかりであった。そんなアクの姿をひとしきり笑っていた魔王であったが、やがてお手本を見せるように、その手を優しく掴む。

「良いか？　設置したい場所を見て、砦設置と叫ぶんだ」

「こ、こうですか……？　と、とりで、せっちー！」

瞬間、同じ場所に秘密基地が現れた。

本来は別に、叫ぶ必要などないのだが、気持ち的な問題なのだろう。一部のプレイヤーたちは、これを指して《ホイポイカプセル》などと呼んでいたものである。

「す、すす凄いです！　家が！　魔王様、僕にもできましたっ！」

「うむ、これで立派なプレイヤーだな」

魔王は腕を組み、弟子の成長を見守る師匠かのように偉そうな面で言う。アクも普段、魔王が振るう不思議な力を体験できて嬉しそうであった。

「では、中に入るとしよう」

「はいっ！」

秘密基地の中は以前と変わらず、山奥などに建てられるコテージそのものである。２階の部分にはロフトがあり、屋根裏部屋へと繋がっている。

他にも檜風呂や、かまくら風呂、パイプベッドやハンモックなどが設置されており、中央には焚き火を使って料理ができるスペースもあった。

何処を見ても、妙にワクワクする家である。子供心にも響き、大人は大人で隠れ家的な味わいを楽しめる砦であった。

「ここは…………魔王様が住まれていたお家なのですか？」

「正確に言えば、ガキの頃に憧れていた家だな」

小学生の頃でも思い出したのか、魔王は何とも言えない表情で笑う。木棚の中には、安っぽいオモチャの光線銃や、昆虫の標本などまであるのだから。

「その、魔王様にも…………子供の頃があったのでしょうか？」

「あったに決まってるだろう。まぁ、遊んでばかりだったが…………」

秘密基地の中を一緒に巡りながら、アクは村での日々を嬉しそうに語る。

トロンと一緒に、マダムの下で勉強していること、バニーたちの農作業を手伝っていること、朝は労働者に水や塩を配っていることなど、話の内容は様々だ。

それらを聞きながら、魔王はしみじみと感心してしまう。

「何だか、朝から晩まで働いてばかりだな…………」

「どのお仕事も、楽しいですよ？」

アクは不思議そうに首を捻ったが、魔王からすれば子供は遊ぶのが仕事であって、本当にガチで仕事をしてどうする、という思いもある。

（とは言え、出会う前から過酷な仕事をしてたようだしなぁ…………）

おまけに、生贄にまで出される始末である。

それらを思うと、今の生活は比較にならないレベルで充実していると言って良いだろう。無論、アクだけではなく、この世界においては子供の頃から働くのは珍しくない。

バニーの子供たちも、早朝から働くのが当たり前であって、年中遊んでいろ、と言ったところで混乱させるだけであろう。

「まぁ、子供の頃から働いて学ぶ、というのは悪いことではないが…………」

「えっと………魔王様のお国では、子供は働かないのですか？」

それを聞いて、魔王は懐かしい記憶を引き摺りだす。小学生の頃に、クラスで《新聞配達》のバイトをするのが大流行したことを。

「昔、新聞配達のバイトをするのが流行ったことがあったな…………」

「シンブン、ですか？」

「まぁ、配達の仕事だ。早朝の3時頃から、割り振られた区域の家を一軒一軒回っては、紙を配っていく。それで500円……いや、銅貨5枚といったところか」

小学生に配れる量などたかが知れており、バイト料としては格安であろう。

が、小学生にしてみれば、５００円は結構な大金でもある。アクは魔王の話す内容がいまいち判らなかったが、自分の知識の中で何とか理解しようとした。

「その配達のお仕事を、魔王様もしていたのですかっ？」

心なしか、アクが楽しそうに言う。子供の頃の魔王など、想像も付かなかったし、ましてや何かを配っている姿など考えられないものであった。

「いや、私は朝からそんなことをしている姿を見て、内心では笑っていた。ガキに稼げる金など知れている。こいつらは朝っぱらから、何を無駄なことをしているんだと」

「そう、ですか………」

「同時に、羨ましくも思った。連中は好きなだけお菓子を買い、玩具を買い、その金を貯めて、遂には高価なラジコンを買った奴までいる。私はしみじみ、思ったものだ………本当に笑われるべきは、努力する人間を笑っていた、自分ではなかったのかと」

朴訥と語る魔王の姿を、アクはじっと無言で見つめていた。その内容は判らない部分はあれど、その告白は、きっと、とても貴重なものなのだろうと。

「昔話が過ぎたな。ともあれ、仕事を手伝うのも良いが、程々にな」

「……はいっ」

そう言って、アクはそっと魔王の手を握る。

まるで、昔の失敗談を語った父親を元気付けるように。

「魔王様に救われてから、僕の人生は変わりました。いつも、とても、感謝してるんです」

アクの真っ直ぐな視線を受けて、魔王はバツが悪そうに髪を掻く。

どうにも、この子といると調子が狂う。肩から力が抜け、時に驚くほど素直に、気付けば、素裸になっている自分と対面してしまうのだ。

「さて、救われているのは、どっちなんだかな――――」

「………?」

「何でもない。そろそろ、今日は休むとするか」

「あっ、まだポチの大冒険を読んで貰ってませんよっ！」

「マジかよ……！　勘弁してくれ…………」

この後、魔王はげんなりした顔でアクとトロンに絵本を読むことになった。その内容はあまりにも無意味であったが、アクとトロンにだけは大ウケであったらしい。

残酷な会議

――ラビの村　野戦病院――


野戦病院の一室で、田原が様々な紙面を並べ、何かを書き込んでいた。村の今後を見越して、計画を練っているのだろう。

そこへ、妙に艶めいた顔の悠が戻ってくる。

「あら、今日はここで仕事？」

「長官殿が帰ってきたってんで、旅館の方は騒がしいからナ」

旅館に宿泊する貴族の奥様方が、魔王の姿を一度でも見たいと騒ぎになっているのだ。純粋な好奇心もあれば、今後の利害関係を考えている者もいるであろう。

聖女ルナを仲介とした、マダムとアーツの和解などは既に噂の的であり、察しの良い者は既に聖光国内における今後の勢力図、それを念頭に置いて動き出している。

表舞台には殆ど出て来ないものの、〝魔王を名乗る男〟こそが、この政変のキーパーソンであると見抜いている奥様も中にはいるであろう。

マダムを中心とした、中央の社交界派閥の奥様方はとかく、頭がキレる。風の吹く方向を見誤れば、家が没落してしまうからだ。

知ること、察すること、そして――――それに容赦なく寄り添い、追従すること。

家を預かる彼女たちにとって、それは生存を賭けた戦いであると言っていい。田原や、悠からしても、察しの良い人物は手懐けやすくもあり、悪い印象は持っていない。

「で、亡国の姫君ちゃんは――――どうだったんだ？」

「とても賢い子よ。あの子には、私の仕事を手伝って貰おうと思っているの」

「………そりゃ、珍しいことを言うもんだ」

悠の言葉を聞いて、田原が紙片に落としていた目を上げる。この〝魔女〟に気に入られるなど、どんな人間なのかと興味を抱いたのであろう。

「おめぇさんに気に入られるたぁ、随分と腹黒いお姫様みてぇだナ」

「蓮や茜より、よっぽど私好みの子よ――――」

「こりゃ、また………」

その言葉だけで、田原は色々と察してしまったのか、それ以上は何も言わず、別の話題へと切り替えることにした。

「ゼノビアちゃんとの喧嘩の時にゃぁ、良い神輿になってくれそうだわナ。相変わらず、長官殿は抜け目ないっつーか、百歩先を読みすぎっつーか」

「そうね、こんな素敵な土産を持って帰って下さるなんて………」

遥か千里を見通し、着々と手を打つ魔王の姿に、悠はうっとりとした表情を浮かべる。田原も参っちまうな、と溢しながらも何処か嬉しそうであった。

全ての事象が、長官殿の掌の上で動いていると――――

もはや、「偶然、拾っただけだ」と本人が述べたところで、２人は笑うばかりであろう。性質の悪いジョークであると。

魔王からすれば笑えない事態が続いていたが、側近たちからすれば頼もしく感じてしまっても無理のない話であった。

「それと、こんな物を用意してみたわ」

「んだ、こりゃ？」

テーブルの上に置かれた小さな瓶には、何やらオレンジ色の粉末が入っている。色彩的には、どうもケバケバしい。

「この村で収穫された、人参の皮をミキサーで粉末にしたものよ」

「ピーラーで剥いて、捨てちまうところじゃねぇか。んなもん、何に使うんだ？」

「貴方は馬鹿ね。人参の皮にはβカロテンが豊富に含まれているのよ」

「カロ……何だってぇ？」

「これは抗酸化力に優れた成分でね。体内に貯蔵して、必要に応じてビタミンＡへと変わるの。他にも体の抵抗力を高めて、免疫力を上げてくれるわ。ガンや感染症、粘膜系の正常化や、目の疲労を癒す働きもあるの。皮膚病や肌荒れにも有効だし、造血作用があるから低血圧や貧血の」

「あぁ、もう判ったよ！　体に良いってこったろ⁉」

突然始まった講義に、田原が降参の旗を上げる。彼は何でもこなす天才ではあったが、医学や薬学などに深く通じている訳ではない。

「これを、簡単な症状に対する薬として出そうと思うの。思っていた以上に患者が増えすぎて、手が回らない時があるのよ」

「簡単な症状ってのは、風邪とかそういうやつかぁ？」

「そうね。症状の軽い頭痛や発熱、腹痛や痛み止めなどの効果を付与してあるわ」

「そいつは便利だナ。おめぇさんが作ると半分は優しさじゃなく、悪意って感じだが」

まるで、ロキソニンやバファリン、正露丸などがごちゃ混ぜになっているようなものである。薬を出して診察が終わるなら、時間も大幅に短縮できるであろう。

「こっちは、流行り病に対する〝特効薬〟として少量だけ出そうと思っているの」

そう言って置かれた瓶には、オレンジ色の粉末の中に、緑色が混じっている。

より、ケバケバしい発色具合であった。

「流行り病ってのは、何だ？」

「壊血病やペスト、百日咳や結核、マラリアやおたふく風邪、ジフテリア、ハンセン症に梅毒、コレラ、天然痘、水疱瘡、麻疹、風疹、この世界にも存在する病は幾らでもあるわ」

「何だか、久しぶりに聞いた単語も多いな」

その多くが、長い時間をかけて人類が向き合い、そして多くの死と引き換えに、克服してきたものである。それらの苦難の歴史を、一気にワープしてしまおうというのだ。

「ちなみに、この緑色のは何だ？」

「人参の葉っぱをミキサーにかけたものよ」

「さっきから、捨てるとこばっかじゃねぇか…………」

「貴方はどれだけ粗末な脳をしているの？　人参の葉にはカルシウムやマグネシウム、ビタミンＥやビタミンＫ、ビタミンＣの他にも」

「あぁもう、わーったよ！　俺が悪かったよ！　ぅわーい、体に良いンすねッ‼」

ヤケクソになって田原が叫ぶ。

このまま放置していると、栄養学の講義でも始まりかねない勢いであった。

「簡単な症状に対する薬には、ラビ・メディカルと名付けるつもりよ。この村に対する、格好の宣伝になるでしょうしね」

「そいつぁ、良いナ！　長官殿の言う、〝評判を得る〟ってやつにも繋がる」

「こっちの難病に対する粉薬には、〝九界九済薬〟と名付けたの」

「く、がい…………きゅうさい…………？」

「苦界の苦しみから救済する、九よ。長官の慈悲を示したものなの」

「そりゃ、また…………」

悠の言葉を聞いて、田原は呆れる思いであった。

かつての世界では〝ＮＩＮＥ〟と呼ばれる熱狂的な支持者が存在していたが、この世界では、全国民総ＮＩＮＥ計画でも考えていそうであったからだ。

「まっ、お前さんの思惑はともあれ…………現実に苦しんでる病人からすりゃ、ありがたくって涙の一つも出るだろうナ」

田原は皮肉を込めて言ったものの、こうしている今も苦しんでいる患者からすれば、文字通り、その薬は救済になるであろう。

九の名を冠する人物に興味を抱き、深い感謝を捧げる者が出てきてもおかしくない。

「これらの薬は、村の人参と並んで特産品の一つになる筈よ」

この村の特産品である人参を利用して、更に特産品を生み出す。

まさに、元手が0の良い商売である。

「んだナ。人参様、万歳ってか？」

「それに比べて、茜は何をしているのかしら…………」

「あいつが動く時は、長官殿案件だ。変に手を出しゃ、こっちが火傷しちまう。そうだろ？」

「…………まぁ、良いわ。村をちょろちょろされても、不愉快だもの」

悠が吐き捨てるように言う。

抜け駆けの功績ばかりを狙い、弱者へと寄り添う気質を持つ茜と、魔王の意を尊び、不必要なものは切り捨てていく悠とでは、波長など合う筈もない。

それこそ、ケーキの方が余程、自分に近しいものを感じるであろう。

「まっ、長官殿が戻ったんだしナ。一気に諸案件を進めていこうじゃねぇか」

「そうね。長官がお戻りになられたことを祝して、花にも少し水を撒いてきたの」

「…………さいですか」

その花とやらが、何を意味しているのかを知る田原は、げんなりとした表情となる。

その奇妙なお花畑に、先日は皇国の大神官まで追加されているのだから。

「随分と、軍備に偏った国のようね」

大神官から聞き出した情報を、資料として整理しているのであろう。日々、分厚くなっていく資料を悠が手渡す。

そこには、ライト皇国の表の部分から、裏の部分に至る詳細な情報が記されていた。

「聖霊騎士団《エレメンタルナイツ》、か。各騎士団に所属する人員は４万………計12万の大軍勢ってか？」

ライト皇国が有する、大陸でも並ぶ者のない騎士団である。

皇国はこれらの騎士団を各地に派遣し、西方での版図を広げながら、北方でも、終わることのない小競り合いを続けていた。まさに、大陸を代表する軍事大国である。

「えぇ、12万………とても、素敵なご馳走ね」

余人であれば、震え上がるであろう数字を前にしても、２人の表情は変わらない。

悠に至っては、豪華なディナーを前にしたような姿である。

「それに加えて、神殿騎士《テンプルナイツ》。そして、２人の聖勇者《ホーリーブレイブ》か………」

先日、出会ったヲタメガの姿を思い出したのか、田原の顔が曇る。策略や謀略を得手とする、田原のような男にとっては、最も苦手なタイプと言っていい。

策略などを弄すれば弄するほど、相手の心は遠ざかっていくと判りきっているからだ。

「長官の障害になるようであれば、私が消すわ」

「………反対だ。あいつぁ、民衆の心に入り込みすぎてやがる」

「存在すら、なかったことにすればいいのよ」

田原と悠は、《情報操作》という恐るべきスキルを所持している。かつての会場では自身の様々な情報を覆い隠すスキルであったが、この世界においては格段に用途が広がっている。

様々な噂や流言飛語の類を飛ばし、情報を操作することへの強烈な補正を入手しているのだ。

この世界の仕組みやシステム、その全てを掴んでいない現状では、逆に自分たちの首を絞めることになりかねないため、自重しているだけである。

田原は《情報操作》の示唆を聞きながらも、あえて口を開く。

「…………太陽の存在を幾ら消そうたって、そいつは朝になれば昇ってくる」

「なにそれ、禅問答のつもり？」

悠が冷たく返すものの、田原は相手にせず、ゆったりと咥えた煙草に火を点ける。

それを見て、悠の顔が益々、歪む。

「ここ、病院なんだけど？」

「あぁ？　長官殿もバカスカ吸ってんじゃねぇか」

「長官の煙草と、貴方のオッサン臭い煙草を一緒にしないで！」

「どういう意味だよ、そりゃぁ！　長官殿の方が俺より年上だろうがッ！」

「貴方のはこう、何と言うか…………ムサいのよ」

「何がムサいだ！　第一、ここが病院だぁ？　笑わせんじゃねぇぞ！　気味の悪ぃ花畑とおめぇの実験場じゃねぇか！　スプラッターハウスか、スウィートホームにでも名前を変えろ！」

「貴方にはまず、頭の手術が必要なようね」

2人は無駄な言い合いをしつつも、資料をまとめ、翌日へ備えることは忘れなかった。

明日は〝魔王軍の会議〟、とも言うべきものが開かれるためである。


――翌日――


温泉旅館の執務室では、早朝から悠と田原が待機し、必要な資料を纏めていた。

室内にはオーナーが使用する豪華極まりないエグゼクティブデスク、来客用に用意されたのであろう本革のソファーなどが設置されており、熱帯魚が泳ぐ水槽なども用意されている。

2人は黙々と作業を進めており、室内には静けさが満ちていたが、異様であったのはオーナーが座る椅子やデスクの周囲に、様々な花が飾られていたことである。

紫を中心とした、鮮やかな花の群れ――

その花が何であるのかを知る田原からすれば、どうにも座りが悪い。と言うより、腹の中からおぞましさが込み上げてくる。

日夜、品種改良が行われているのか、花の色は一段と鮮やかになり、目に眩しいほどだ。まるで、悪党ほど綺麗な花を咲かす、と言わんばかりの光景である。

とうとう耐え切れなくなったのか、田原が叫ぶ。

「あぁ、クッソ！　この花のせいで集中できねぇよ！」

「口を慎みなさい。貴方のために用意したものではないわ」

「用意されて堪るか！」

まるで、その花から呻き声や怨嗟が聞こえてくるようであり、田原は口を開くことさえ、もう億劫になってしまっている。

そこへ、重い空気を纏った魔王が入ってきた。

その眉間には皺が寄っており、迂闊に声を掛け難い雰囲気である。頭がキレすぎる側近２人に囲まれて、またアレコレと言われるのか、と言ったところであろう。

会議が始まる前から、既に魔王の胃には鈍痛が走っていた。

（やっぱり、茜を放流したのは間違いだったか？　いや、あいつがいたら余計に混乱しかねないしなぁ。どうすりゃ良かったんだか………）

そんな魔王の目に、色鮮やかな花々が飛び込んでくる。

「これは………」

「長官のお好きな色を中心に、飾らせて頂きました」

「驚いたな――――何とも、和む空間ではないか」

「ありがとうございます！」

魔王の顔に微笑が浮かび、悠が嬉々として応える。

今度は、田原が顔を顰める番であった。

こんな花々に囲まれて、〝和む〟などと言われた日には笑うに笑えない。田原の方こそ、こんな上司と同僚に囲まれるなど、悪夢であった。

魔王がオーナー用のチェアに腰掛けると、漆黒の存在を更に際立たせるように紫の花々が一層に毒々しい輝きを放つ。

「私はこれまで、花へと向ける興味が薄かったが、考えを改めねばならんな。この花々を、悠が育てたと思えば別格の趣がある」

「長官…………」

そんな2人の会話を聞きながら、田原は耳を塞ぎたくなった。どうして、俺の職場はこんなにブラックなんだ、と叫びたかったに違いない。

まるで、本物の亡霊が出るお化け屋敷で働いているようなものである。

「ちょ、長官殿…………花を愛でてるところに悪いんだが、そろそろ、本題に入らねぇか？」

「ふむ」

飾られた花々に手をやりながら、魔王が重々しく頷く。

そして、おもむろに咥えた煙草に火を点ける。いつものスタイルだ。

準備が整ったところで、〝魔王軍の会議〟が始まった。

「まずは、私から一連の流れを説明しておく」

あらかじめ考えておいたのか、魔王はオルガンとの出会いから、獣人国や魔族領での出来事を淡々と述べていく。口調こそ淡白であったが、その内容は凄まじい。

世界最高峰の、スタープレイヤーと言われる2人を何時の間にか取り込んだ挙句、獣人たちの一部まで利用し、魔族領にまで攻め入っているのだから。

攻め込まれたベルフェゴール側と言えば、領内の全てを猿人たちに蹂躙され、果てには城ごと木っ端微塵に打ち砕かれる始末である。

その被害の規模たるや、戦争などの規模には留まらず、津波や台風、大地震が突如襲ってきたようなものであろう。ベルフェゴールはその命も含め、全てを失ってしまったのだから。

その上、魔王は〝亡国の姫〟という格好の手駒まで入手している。

改めて、魔王の口から一連の流れを聞いていると、最初から全てを仕組んでいたとしか思えないようなスムーズな流れであった。

「長官殿は、何処に行っても〝パーフェクト・ゲーム〟をしちまうんだナ」

田原がニヤニヤしながら、煙草をふかす。

彼がそう評するのも、無理はなかったであろう。

獣人たちの一部に繋ぎを作ったかと思うと、亡国の姫という手駒まで握り、スタープレイヤーと呼ばれる存在まで自陣営に引き込んでいるのだ。

敵対者には剣を贈り、有望な存在には手を差し伸べる。単純ではあるが、この連鎖が続く限り、魔王陣営の強化はもはや、止まらないであろう。

「そうね。長官からすれば、こんなものは食後のゲームのようなものよ」

「遊ばれる側からすりゃ、笑えねぇだろうけどナ」

ぶははっ、と田原が爆笑し、悠もにこやかに笑う。

そんな2人を見て、魔王は1人、内心で激しく懊悩する。

（違うんだよ！　俺はな、対魔法のアイテムが欲しかっただけで…………！）

キッカケこそ単純であったが、それがもたらした結果は凄まじすぎた。これ以上、奇妙な誤解が進むのを恐れたのか、魔王は厳かな手付きで入手したアイテムをデスクに並べる。

世間では《アマンダの石》、《アマンダの種》と呼ばれる希少アイテムだ。前者は、ある程度の状態異常を防ぎ、後者は一時的に魔力を高める効果がある。

「これは向こうで入手した、対魔法の効果があるアイテムだ」

魔王の言葉を聞き、2人も神妙な顔付きで頷く。この世界に当たり前のように存在する〝魔法〟に関して、其々に思うところがあるのだろう。

「長官、魔法に関してですが、この白衣には状態異常を防ぐ効果があるようです。ルナちゃんに協力して貰って、幾つか実験した結果を纏めてみました」

悠が差し出したレポートを見ながら、魔王は深々と考え込む。

そして、遠い昔を思い出すような目付きとなる。

（確かに、悠の白衣にはそんな設定を書き足していたな…………あらゆる状態異常を防ぐ、だっけか。万能の医者が状態異常になるなんて、変だもんな）

かつての会場では毒や麻痺など、ステータスに異常をきたす攻撃が無数に用意されていたため、それらを防ぐ効果として付与していたものである。

（にしても、第二魔法と呼ばれる分野のダメージもほぼ押さえ込める、か…………）

魔王は現在の側近たちのステータスを見ることができず、知る由もなかったが、悠は既に魔防に関しては20という高い数値を所持している。

一流のアタッカーであるミカンの魔防が防具込みで10、ユキカゼの魔防が30と考えると、悠の対魔法に関する数値は決して悪くない。

「ひとまず、この種は田原に渡しておく。いざという時は、躊躇なく使用しろ」

「おっ、こりゃ助かるナ。魔法ってのは面倒そうだから、打たれる前に撃つしかねぇと思ってたンだわ」

「それと、悠。貴族の患者や、マダムの人脈を使って、この手のアイテムがあれば入手するようにしてくれ。判っているだろうが、公然とではなく、隠密裏にな」

「了解しました、長官」

対魔法のアイテムを求めている、などと知られれば弱点を晒すようなものである。これは慎重に動く必要がある、と悠は頷く。

そして、魔王は監獄迷宮の地下での出来事を口にした。

悠と田原は、それを聞いて其々の反応を見せる。

「遊ぼう――――ってか？　長官殿相手に命知らずな馬鹿がいたもんだナ」

「笑いごとじゃないわよ。何処の下等生物か知らないけれど、今すぐに消し去るべきよ」

「だからこそ、長官殿はその〝準備〟を進めてんじゃねぇか」

足下を固めながら、領地を発展させ、対魔法に効果のある品を集めていく。これが、魔王陣営の基本的な方針と言えるであろう。

田原はその敵とやらに思うところがあるのか、上司へと問いかける。

「長官殿は、その相手に心当たりがあんのかい？」

「さて、な。恨まれるようなことをした覚えはないのだが」

「だっはっはっ！　あんたがそうでも、相手はそう思ってねぇだろうさ！」

（俺が何をしたってんだよ！　いや、まぁ、何か色々してる気もするけど………）

かつて、大帝国が存在した世界においても、九内伯斗には数えるのも馬鹿らしいほどの政敵が無数に存在しており、敵と言われても田原は別段、動じない。

むしろ、いない方がおかしい、とまで言いたげであった。

勝手に極悪人呼ばわりされていることに、魔王は若干、傷付きながらも、室内の空気を変えるべく、国内の議題へと話を振る。

それを聞いて、田原は待ってました、と言わんばかりに口火を切った。

「長官殿、まずはこの資料に目を通して貰えるかい？」

「ふむ………」

手渡された資料には聖光国における情勢から、労働者の増減や給金、その通勤方法から日々の食事などまで克明に記されており、膨大な文字と数字の羅列に魔王は途端、眩暈に襲われた。

「口コミ期間も、そろそろ終わりってことで、急ピッチで簡易宿でも用意しようと思っててナ。長官殿のお陰で、労働者も増えそうだしよ」

「ふむ………」

「今後を考えりゃぁ、そろそろ村も手狭になりそうなんでナ。最近は、周辺の村々にお住まいの皆様方を招待してンだわ」

意味深な口調で、田原が笑う。

それを聞いて、悠は呆れたような表情となった。

「最近、〝餌付け〟に励んでいるようね」

「人聞きの悪ぃこと言うナ。俺ぁ、善意で村を案内してやってるだけさ。土産に、水がたっぷり入った水桶を持たしてやってよ」

「やっぱり、餌付けじゃない」

「あのなぁ、誠意っつーんだよ、こういうのは。ま、こっちの誠意が通じ過ぎたのか、この村の豊かさが羨ましい、なんて口々に言ってたけどナー」

煙草を燻らせながら、田原が嘯く。

聖光国の東部は荒地が広がるばかりであり、毛外の地とまで呼ばれているのだ。周辺の領地に住まう村人からすれば、現在のラビの村を見て、目を疑ったであろう。

それを聞いて、悠も即座に返す。

「なら、すぐにでも周辺の村ごと領土に組み込むべきよ。〝国民の幸福を管理する〟のは、長官の大事な権限だもの」

国民幸福管理委員会――――この歪な名称こそが、かつての会場で、魔王と側近たちに与えられた正式な所属部署である。

悠からすれば、〝国民〟とは魔王に管理されるのが当たり前であり、当然でもあり、それ以外に幸福などは存在しない。

「簡単に言うけどナ、その村を治めてる領主が黙っちゃいねーぞ」

「黙らせれば良いのよ。永遠に、その口を。そうだ、縫ってあげるのはどうかしら？」

「お口にチャックってか？　おめぇさんが言うと笑えねぇよ」

側近たちの不穏な会話に、魔王は密かに頭を痛める。当初の目的であった〝評判を良くする〟どころか、気付けば完全に侵略者と化しつつあったからだ。

出張から帰ってきたら、何時の間にか犯罪者になっていたようなものである。

どうしてこうなった、と叫びたい心境であろう。

現実逃避でもするように、魔王は水槽の中を泳ぐ熱帯魚へと目をやる。現世のことなど気にも留めていない様子で、魚たちの姿は実に優雅なものであった。

（魚たちは気楽で良いよな。にしても、昔、こんな風に〝魚〟を見ていたような…………）

何かを思い出そうとするものの、頭の中は霧がかかったように白くボヤけてしまう。そして、魔王は更に現実逃避を加速させていく。

（泳ぐ…………そうだ、プールを設置しよう！　アクにも以前、言ったことだしな！）

先日、解放された権限が頭に浮かんだのか、魔王は内心でガッツポーズを作る。

この年中常夏のような聖光国で、プールに入って泳ぐなど最高の贅沢であろう。２人で優雅に泳いでいる光景でも浮かんだのか、魔王の顔に微笑が浮かぶ。

が、そんな現実逃避は側近たちの無慈悲な声で吹き飛んでしまう。

「周辺の領主、か………まっ、もう遠慮する必要はねぇのかもナ？」

田原はニヤニヤと笑いながら、魔王へと目をやる。

傍目から見ると、まるで以心伝心といった姿であり、悠はイライラしたように口を開く。

「………どういうこと？」

「どういうことも何も、長官殿がホワイトちゃんを誑《たぶら》かし………いや、巧く会談を進めてくれたみてぇでナ」

田原からニヤニヤとした視線を送られ、魔王は内心で冷や汗を流す。期せずして、ホワイトと混浴風呂になった時のことを思い出したのだろう。

（クッソ！　こいつ、誰から聞いたんだ………何処まで知ってるんだよ⁉）

魔王が狼狽する中、悠は何か思うところがあったのか、無言になった。

無論、田原はマダムから一部始終を聞いたのだが、その中にはホワイトへ〝天使の輪〟を譲渡したことも含まれていた。まさに、心臓を打ち抜く一手であったと田原は考える。

「いやはや、西へ東へ大忙しだナ？　長官殿」

聖女のトップたるホワイトをジゴロかホストのように落としておきながら、お次は北や東にいっては大暴れしているのだ。田原からすれば、懐柔と暴虐を適切に使い分ける、まさに九内伯斗の悪辣な手法そのものである。魔王は内心で慌てながらも、重々しい手付きで煙草に火を点け、それらしいことを勿体ぶった口調で話す。

「いつの時代、どんな世界であれ、権力者とは良好な関係を築いておきたいものだ」

「おっ、そうだナ」

良好な関係どころか、露天風呂では互いに裸であったことを思えば、犯罪的な言い訳でもあり、政治家も顔負けの隠蔽体質であった。

「毎度のことだが、長官殿の手練手管にゃぁ、舌を巻くしかねぇわナ」

「随分と買い被っているようだが…………お前から見た私の姿はどうなっているんだ？」

魔王は内心で怯えながらも、意を決して田原からの認識を確かめようと口を開く。何か誤解があれば、少しでもそれを解こうと、この男なりに必死に考えたのであろう。

しかし、その結果は残酷であった――

「どうもこうも、聖女の末女たるルナの嬢ちゃんを真っ先に懐に抱え込んでは、ちゃっかりその後見人の立場に収まってやがる。治外法権に近いラビの村をタダ同然で手中に収めながら着々と足元を固め、周辺へと手を伸ばす悪鬼の如き侵略者ってところかぁ？」

「…………どうも、お前は大きな誤解をしているようだ」

田原の口から語られた己の姿に、魔王の背中に戦慄が走る。

しかし、田原の追撃は容赦なく続いた。と言うより、頭に直接飛んできた。

《ははっ。わーってるって、長官殿。これを機に、悠の認識を改めさせてぇんだろ？》

（やべぇ…………何を言ってんだ、こいつは!?　何言ってんのか、全然判らねぇよ！）

無言のままでいる魔王を見て、田原は憎たらしいほどの訳知り顔で軽く頷く。

何でもかんでも、最終的には「殺せば終いじゃない」と考える悠に釘を刺したいのだろうと。殺して全てが解決するなら、大帝国はあんな形で崩壊する筈がなかったのだから。

噛んで含めるようにして、田原は魔王の戦略（？）を雄弁に語る。

「悪ぃ悪ぃ、言葉足らずだったナ。大事なのはマダムの心を獲った上で、中央の社交派と武断派を握手させたことだ。これで一滴の血も流さず、勢力図が激変しちまった。本来なら、この握手に辿り着くまでにゃぁ、膨大な流血と、莫大な費用が掛かっただろ。民衆が受け取るイメージも、血と金に塗れたクーデター勢力、ってところになっただろうナ」

「…………ふむ」

「が、長官殿は一滴の血も流さずに、この握手を成し遂げちまった。お陰で長官殿だけじゃなく、この村も、ルナの嬢ちゃんも綺麗な身の上のままって訳だ。イメージってやつだきゃぁ、金じゃ買えねぇしナ。薄汚ぇイメージを一度でも持たれた日にゃぁ、為政者は終わりだ」

「…………お前の、言う通りだ」

怒涛のように押し寄せる田原の発言に、魔王は嵐が過ぎ去るのをじっと待つ子犬のように首を竦める。今は落ち着きを与えてくれる、手にした煙草だけが救いであった。

（握手がどうって…………そもそも、俺は関わってないんですけど!?）

魔王はそう叫びたかったが、実際に勢力図が一夜にして激変してしまったのだ。

傍目から見れば、魔術的な政治劇であろう。本来であれば、マダムとアーツの和解などそこに至るまでのプロセスは複雑怪奇であり、困難を極める話であった。

無論、魔王からすれば留守中に家が勝手に新築になっていたようなものであり、まさに青天の霹靂でしかない。

「民衆から忌み嫌われている貴族派の首領にゃ、オルゴールを使って罠を仕掛け、やっこさんは見事にそれに嵌った。聖女のトップたるホワイトちゃんも、こっちに悪感情は抱いてねぇ」

そこまで言って、田原も煙草に火を点け、美味そうに煙を吐き出す。

改めて、自らの上司が構築し、丁寧に築いてきた道筋に感嘆する思いであったのだろう。

何の足場もないところからスタートしたにもかかわらず、確固たる地盤を築いては、味方の勢力を急拡大させ、国の頂点を押さえながら敵対組織を消し去る下準備を着々と整えつつある。

結果だけ見れば、田原でなくとも感嘆するしかない流れであった。

（やべぇ…………何もしてないのに、何か偉業を成した人物みたいになってる！）

魔王は堆《うずたか》く積み上げられた、勘違いの巨壁に改めて慄く。この巨壁を、どうにかしようと手を出せば、一気に壁が崩れ去り、己の身に降り注いできそうであった。

一方では悠も、田原が何を言いたいのか察したのだろう。

「私も、長官が見据える長期的な展望は理解しているつもりよ…………」

「だと、助かる。何せ、お前さんがやってる治療が今、貧民層からの支持を急速に集めてんだからよ。そのおめぇが、妙なことを仕出かしちゃ困るンだわ」

念入りに、それも理詰めで釘を刺してくる田原に、悠も溜息を吐きながら頷く。

何より、魔王から「短絡的な女」などと思われては立つ瀬がない。

悠にも言いたいことが伝わったところで、田原は改めて魔王と向き合う。

それは、最終的な現状報告といったものである。

「今は仕事がねぇ奴には仕事を与え、マダムから流れてくる資本をあらゆる産業に流し込んでるところでナ。お陰で少しずつだが、一部の商人や生産者もこっちに靡《なび》きつつある」

上を見れば、聖女を抱え込んだ挙句、社交派と武断派を握手させ、下を見れば、貧民や商人、生産者までも味方にしていく。

まさに――――芸術的な国獲りであった。

それも、ここまで流血らしい流血もなかったことを思えば奇跡に近い。

「しっかし、聖女ちゃんへのプレゼントに天使の輪たぁ、長官殿も皮肉が利いてらぁ」

かの〝大帝国の魔王〟が〝天使〟を生み出すなど、田原からすれば大爆笑の話である。だが、それを聞いている悠は平静ではいられなかった。

「聖女へのプレゼント、ですか…………長官」

俯いた姿からは表情こそ窺えなかったが、圧迫感でも感じたのだろう。魔王は水槽へと視線を逃がしながら、何でもないことのように軽く告げる。

「まぁ、お近づきの印とでも言っておこうか」

「お近付き、ですか…………」

鸚《おう》鵡《む》返《がえ》しのように繰り返す悠に恐怖を感じたのか、魔王の背中に冷たい汗が流れる。同時に、田原が唐突に明るい声を上げた。

「そういやよぉ――――」

天才が何かを閃き、この空気を変えてくれるのかと、魔王も期待に満ちた視線を送る。

（良いぞ、田原！　お前に描いた天才の設定を今こそ生かせ！）

しかし、その結果は残酷であった――

「長官殿、プレゼントと言えばよ、悠にも何かやって欲しいんだよナ」

そんな田原の言葉に、魔王もにこやかに頷く。

それが、墓穴になることも知らず。

「うむ、私もそう思っていたところだ。悠の大きな働きにも、報いねばなるまい」

何せ、田原には「妹を呼ぶ」という何よりの褒美を約束しているのだ。

これで悠には何も与えない、では不公平であろう。悠から何か不穏な気配を感じていた事もあってか、魔王も名案だと言わんばかりに飛びついた。

（何かホワイトの時も、こんな感じだったような………？）

魔王は奇妙なデジャブを感じたが、全くその通りであった。あの時もホワイトの機嫌を宥めるように、天使の輪を与えたのだ。

更に最近では、荒ぶったオルガンを宥めるようにして、小悪魔の角を与えている。

その場を凌ぐためだけに、一方では天使を生み、一方では悪魔を生み出すなど、これほど迷惑な男も過去に存在しないであろう。

（まぁ、プレゼント一つで機嫌が直るなら安いもんだ………）

魔王はそう考え、どんな品でも用意しようと自信満々の態度で椅子に身を預ける。

しかし、その結果は残酷であった――

「ならよぉ、長官殿もたまには休暇でも取って、悠とのんびり温泉にでも浸かってくんねーか？　気軽にほら、背中流しを命じてやったりとかナ」

（ちょっ………待てよっ！）

予想外の流れ弾に、魔王は椅子から転げ落ちそうになったが、辛うじて堪える。

何か会場のアイテムを、と考えていたのが、よもや自分自身がプレゼントになるなど、想定外にもほどがある話であった。

「長官殿も働き詰めで疲れてんだろうし、そろそろ、命の洗濯ってやつをしねぇとナ？」

（アホか、お前は！　逆に寿命が縮むわ！）

天才どころか、天災としか思えない提案に魔王の頭が真っ白になっていったが、田原の追撃は容赦なく脳内にまで到達した。

《いやぁ、悠を抑え込むだけじゃ、いつ爆発すっか判らねぇもんナ。我ながら、良い角度でパスを出したと思うんだが、どうだい？》

（お前、どんなキラーパスを出してんだよ！　俺の顔面に直撃してるだろッ！）

魔王はそう叫びたかったが、田原の提案にこれ幸いと丸乗りしたのだから、今更どうこう言えるような立場ではなかった。

しかし、諦めの悪いこの男は、どうにか状況を打破しようと口を開く。

「………待て、田原。温泉に入って女性に背中流しを命じるなど、セクハ」

「素晴らしい提案ね、田原───ッ！」

そんな言葉は、悠の勢いある声に一瞬で掻き消されてしまう。感極まったのか、悠は同僚に向けて、とびっきりの笑顔を見せながら語る。

「貴方はどうしようもなくマヌケで、怠惰で、オマケにムサくて、生活無能力者な上に、妹狂いの救えない病人ではあるけれど、見直したわ」

その言い様に田原は顔を引き攣らせたが、この時ばかりはどうにか笑顔で飲み込んだ。

悠を本気で怒らせ、その機嫌を損ねると、かなり厄介であると熟知しているからであろう。

田原からすれば、長官殿と2人っきりの時間を作るだけで悠の機嫌が良くなるのだから、これほどに手軽で安い褒美はないといった話である。

（ど、どうすりゃ良いんだ………この流れ、ヤバいぞ！）

怒涛の展開に、魔王の頭も忙しく回る。

本来、悠のような非の打ち所のない美人と混浴するなど、喜ぶべきことであるのだが、設定を施した本人だからこそ、悠の恐ろしさを知り尽くしているのだ。

そもそも根本的な疑問として、〝九内伯斗〟と悠がここまで仲睦まじく設定したような覚えなどなく、その間柄はあくまでビジネスライクなものである。故に、魔王からすれば何処か違和感を覚え、二重の意味で恐ろしさを感じている原因ともなっていた。

「休暇については、落ち着いてから考えよう。先に伝えておくことがある───」

何度も述べたが、この男は諦めが悪い。

この期に及んでも空気を一変させるべく、ジョーカーの札を切った。

「近々、2人の側近をこの世界に呼ぼうと考えている。私の胸中にも腹案があるが、お前たちからも忌憚のない意見を聞きたい」

魔王の発言に、2人の顔色が変わる。

とても軽口を叩いている雰囲気ではなくなってしまったのだ。忌憚のない意見と聞いて、悠が真っ先に口を開く。

「私からは、静を推薦しますわ」

「おいおいおいっ！　あんな歩くジェノサイダーみてぇな女を呼んでどうしようってんだよ！核戦争後の世紀末にでもしてぇのか」

そんな悠の声に、田原が真っ向から反対意見をぶつける。


――――的場　静――――


知る者からすれば、その名からして、既に禍々しい。かつて、大帝国の首都をパニック状態に陥れた稀代の殺人鬼、という設定の側近であった。

静に関する設定は非常に細かいものだが、その最後にはこう記されている。

彼女の秘めた願望はただ一つ。

自らを捕らえた、九内伯斗の首を獲ることである――――

そんな設定など知る由もない田原と悠は、真正面から意見をぶつけ合う。

「長官も仰られていたように、私たちには今後、敵が増えるわ。なら戦闘能力に秀で、何物にも動じない、彼女のような存在が必要よ」

「馬鹿言ってんじゃねぇよ…………大帝国が存在しないこの世界で、あいつが従順に命令に従う訳ねぇーだろ！」

「馬鹿は貴方よ。大帝国は、長官の手で1から再建されるの」

「だから、あいつを囲う〝柵〟が用意できてからの話だってんだよ。じゃなきゃ、内側から国を滅ぼされちまわぁ」

２人のやり取りを聞きながら魔王も暫し、考え込む。

確かに、静という側近は見た目こそ刃物のような美しさを持っているが、その中身は刃物どころか、制御不能の狂戦士ともいうべき存在であった。

監獄迷宮からあの不気味なメッセージを送ってきた相手のことを考えると、いずれ、あの戦闘能力が必要になるだろうと魔王も考えている。

だが、それは〝今〟ではないと判断していた。

（やっと、スタート地点から軌道に乗り出したばかりだ。慎重に動かないとな）

例えるなら、ラビの村は暖めてきた卵がようやく孵ったような状態であり、雛鳥と何ら変わらない。しくじれば、簡単に食い潰されてしまうであろう。

魔王のそんな考えをよそに、田原と悠は次々と意見を出す。

「俺としちゃ、野村のおっさんだナ。次点で近藤を推す。理由としちゃ、今後拡大するであろう、この村の警備を考えてだ」

「まぁ、確かに守りには向いているわね」

「いずれにせよ、もう1人は蓮で決まりだろうけどナ。俺としても大いに助かる」

「あら、私は加藤が来た方が賑やかで良いと思うけれど。あの子も行動的だから、敵を粉砕するには適しているわ」

「加藤か。あの考えなしの〝クソガキ〟にも〝柵〟が要るわナ………」

田原はうんざりしたように手で顔を覆う。どうして、俺の同僚はこんな問題児ばかりなんだと嘆きたくなったのだろう。

一方で、魔王は魔王で考えを纏めていた。

(要するに、田原は「守り」を考え、悠は「攻め」を考えているんだろうな………)

雛鳥として守りを固めるか、それとも翼を広げ、一気に天へと飛翔し、誰も手の届かない存在になるか。多くの場合、立ち位置によっては見方も変わる。

こう言ったケースでは、どちらが正解で、どちらが間違っているかなどはない。選択の結果は往々にして、後になってみなければ判らないものだ。

「どちらの意見にも、聞くべきところがあった――――」

魔王が厳かに告げると、田原と悠も即座に口を閉ざす。

いよいよ、呼ばれる2人が決定すると。

「私としては、今後急拡大を続けるであろう村の規模を考え、近藤を半永久的に常駐させようと考えている」

魔王の発言に2人が頷く。

あの天性の引き篭もりであれば、言われずとも村に常駐するであろう。言ったところで、外に出る筈もない。何せ〝大野晶〟が、そう〝設定〟したのだから。

文句一つ言わず、理想的な自宅警備員になるであろう。

そして、侵入してくる敵は近藤の持つ〝眼〟から――絶対に逃れることができない。

「私は今後も国外で活動することが多くなるだろう。もう1人は、ボディガードとして蓮を召喚しようと考えている」

その言葉を聞いて、田原は嬉しそうにガッツポーズを作る。

やっと、まともな同僚が来ると思ったのだろう。

「よっしゃ！　蓮が来てくれるなら大助かりだわナ！　俺の仕事も半分に減るだろ！」

「…………長官の指示に従います」

やはり、と言うべきか――悠の顔には一瞬、不満が浮かんだが、どうにか飲み込んだようであった。結果として、魔王が選んだ選択は「守勢」に重きを置いたもの。

但し、「攻勢」は自らが担当する、といったスタンスであった。

「他にも、解放された権限があるのでな。順次、それらも行っていく」

2人が頷く姿を見て、魔王も会議の終了を告げるように目を閉じる。

ようやく、胃の痛くなる会議から解放されたと言わんばかりであったが、その表情だけは何処までも重厚であった。

同時に、魔王は解放された権限について想いを馳せる。

（あの座天使とやらは、〝九内〟がこの世界を滅ぼすことに期待していたようだが…………）


――――ＣＯＮＧＲＡＴＵＬＡＴＩＯＮＳ！――――

版図内の活動数が一定数をクリア――――《エリア設置》が解放されました。

（これを送ってくる相手は、まさに〝ゲーム感覚〟だな…………）

魔王は思う。

自分を呼んだ座天使とやらと、〝こいつ〟は違うと。

この世界を本当に滅ぼして欲しいのであれば、権限の制限などはしないであろう。最初から、全てを解放しておけば良いだけの話である。

（まぁ、相手の思惑なんぞ知ったことか）

魔王は管理画面を開き、解放されたエリア設置の項目を見る。

相変わらず殆どが黒く塗り潰されていたが、これらも条件が整えば順次、解放されていくようになっているのであろう。

――――遊ぼうよ、魔王――――

迷宮の奥で見た、忌々しいメッセージが脳裏に浮かぶ。しかし、画面に映る懐かしいエリアの数々を見ていると、魔王の顔には自然と獰猛な笑みが浮かんでくる。

（遊んでやるのはこっちなんだよ。マヌケな神気取りが………）

不敵に笑う魔王であったが、その笑顔が凍りつく。退出していく悠から特大の爆弾が落とされたのだ。それは、この神をも恐れぬ男をして、震撼させるもの。

「長官。温泉へのお誘いを、お待ちしております――」

婉然《えんぜん》とした笑みを浮かべ、悠が静かにドアを閉める。

1人残された魔王は、先程の不敵な笑みは何処へやら、顔面が蒼白になっていく。

（ウッソだろ!?　誤魔化せたと思ったのに！）

魔王は思わず机に突っ伏し、全身を震わせる。美女と一緒に風呂に入るという、世の男性から羨まれる場面であるのに、魔王の頭に浮かぶ温泉は、何故か血の色であった。

衣替え

ラビの村の朝は早い――

畑仕事に出るバニーたちは、まだ薄暗い中から家を出て、農場へと向かう。

募集を見て集まった職人たちや、北方諸国が戦争期に入り、行き場を失っていた冒険者たちも、涼しい間に少しでも仕事を進めようと早朝から動くのだ。

それに合わせて、一般区画に並べられた露店も店先に品を並べていく。

ラビの村は基本、早朝の5時には動き出すため、彼らは夜中の3時には起床して支度を整え、早々に開店準備を終わらせてしまう。

「おい、こっちには黒パンと人参スープをくれ」

「俺は暴れ鶏の串焼きと人参和え。それと、温泉卵な」

「昼まで腹を持たせねぇとな。大麦のスープはあるか？」

聖光国は一年を通して常夏の国でもあり、昼間などは猛暑で仕事にならないため、明け方から昼までが主な労働時間であった。

「そいや、新しい店が建つらしいぞ」

「確か、ノマノマの2号店って噂が流れてたな」

「こっちでもノマノマの料理が食えんのか？　すげぇな、この村…………」

聖光国の東部は寂れた土地ばかりが広がっていたが、ラビの村だけは例外的に人が多いため、露店も朝から自然と賑わう。

「靴底にスライムゼリーを使った良い靴があるよ！　これなら穴も開かねぇ！」

「聞いて驚け！　こいつはな、都市国家から流れてきた灰色熊の肝だ」

「合間の軽食にはピッタリのエンドウ豆だよ～。一つどうだい？」

「ほい、砂ヤモリの黒焼きお待ちぃ！　こいつを食えば、朝からピリっとくるぜぇ！」

声もからさんばかりに、露天商たちが賑やかに声をあげる。何せ、ここは家賃が要らず、税金が徴収されないという馬鹿げた区画なのだ。

露天商たちは文字通り、命懸けで商売をしているといっていい。ここを追い出されれば、天国から地獄に真っ逆さまなのだから。

田原は事前に、「成績・評判が悪い店は出て行って貰う」と宣言し、それを実行している。

家賃も要らず、税金も取られずに商売ができる土地など、他に存在する筈もない。それだけに、労働者のために用意した一般区画は、早朝から毎日のようにお祭り騒ぎであった。

田原が狙った通り、どの露天商も人気を得て、質を高めることに躍起となっている。

質の良い店は残り、質の悪い店は強制的に退去させられる――強引なまでの資本主義とでも言うべきであろうか。

この世界にはモラルや道徳観念が薄い商売人が多いため、田原としてはこんな形で篩《ふるい》にかけているのであろう。

「にしてもよ………この村は、何処まで拓くつもりなんだ？」

「俺が知るかよ」

「どっちにしても、馬鹿げた道の広さだな。これじゃ、ロクに建物を建てられねぇだろ」

労働者たちの言う通り、この村に敷かれつつある道は馬鹿げたスペースが取られており、大型の馬車が悠々と四台は走れるような広さで作られつつあったのだ。

オマケに要所要所では道が十字路に区切られ、余程大きな〝何か〟を作ろうとしているようであった。それが何であるのかは、まだ彼らに想像も付かないものであろう。

「そろそろ、時間だな。行くぞ！」

「ん、ちっと早くねぇか？」

「ばっか、総監督様が言ってたろ。５分前行動ってな！」

飯を掻き込んだ労働者たちが、今日も其々の持ち場へと急ぐ。その表情には、不思議なほどに仕事前特有の暗さがない。

ここでは、働けばその日のうちに給金が支払われるからだ。

本来、住所不定でいつ、何処へ蒸発するかも判らない冒険者などが普通の仕事に就く場合は、月末に給金が支払われるのが普通なのだが、ここではその日のうちに入手できる。

仕事のない時期には食うや食わずで過ごしている彼らにとっては、干天に慈雨といったところであろう。若い女性や、見目麗しい男であれば体を売って凌げるかも知れないが、そうではない者たちはそれこそ、何でもやって食い繋ぐしかない。

これも迷宮で見た日払いシステムを、魔王がそのまま流用する形で採用したものである。

「うし、今日も気合入れていくか」

「愛しの大銅貨ちゃん、待ってろよ〜〜！」

ここでも、名もない2人組の冒険者が現場へと向かっていた。

1人は体格こそ良いものの、着ている服はボロボロであり、もう1人は痩身ではあるものの、小ざっぱりとした印象である。

「すぐに使う癖に何が愛しの、だ」

「そうは言うが、服も靴も、ベルトだって新調したんだぜ？　衣替えってやつさ」

彼の言う通り、底辺層に位置する冒険者にしては、中々に身なりが良い。

ベルトは真新しい革製、履いている靴も靴底には冷やしてゴムのようになったスライムゼリーが使われている贅沢な品であった。

「へっ、一丁前に靴を新調するなんざ……おめぇさん、頭がのぼせてんじゃねぇのか？」

「でもよ、これを履いてると、弾力っつーか、とにかく足腰に負担がかからねぇんだよ」

「だぁから、それが贅沢だってんだよ」

服であれば、継接ぎしながらボロボロになるまで着込み、靴であれば穴が開くまで使う。

そんな貧困層の者たちが、物を買い始めている。

これまでの彼らであれば、生きていくために必要な水や、日々の食事を口にするだけで精一杯であったのだ。新しく靴や服を買うなど、余程の緊急時のみであろう。

「靴一つで、随分と変わるもんだぜ？　体だけじゃなく、心もな」

「ケッ、へらず口を………」

金が使われ、物が売れる――実に単純で、地味なものだが、これが経済というものの基本であり、正義でもあり、国家の根底すら成すものである。

逆に、誰もが困窮のあまり金を使わず、物が売れなければ、その国は滅びを待つしかない。

魔王が労働者に対し、日払いを指示したのは、「貧乏人が多そうだしな」といった、適当なものであったが、それが生み出した効果は地味ながら大きいものであった。

貧困層に対し、迅速に金を配るという結果を生んだのだから。就業後にその場で給金を配り、労働者たちが歓喜の声をあげる。

日々繰り返されるその光景は、何気ない日常の一幕だ。

しかし、それらが3日経っても、1週間経っても、1ヶ月経とうと、いや、そもそもが、いつ終わるかも判らない規模で続いていく。

見る者が見れば、その光景をこう評するであろう。

異常なまでの執念で、金を毎日配っている、と――事実、配られる側の意識は確実に変化しつつあった。

今日使っても、明日にはまた入ると。

それが、当たり前のように毎日続いていく。

変則的な形ではあるが、それは「安心」や「安定」といったものへと繋がるであろう。

経済面だけではなく、それは、サタニストへと堕ちる者が激減することも意味する。

　何気なく会話を交わしていた、この名もなき冒険者コンビでさえも、この村に来ていなければ、どうなっていたか判らないのだから。

「さっきから文句ばっか言ってるが、あんたも服を買うぐらいの金は貯まっただろうが」

「そりゃぁ、まぁ、な…………」

「いつまでも汚いなりでいると、心まで貧しくなっちまうぞ？　今日も、明日も、働ければ金が入るじゃねぇか。あんた、明日もその小汚ぇ服でアクちゃんの前に出る気か？」

「…………クッソ、判ったよ！　俺だってマシな服の一つぐれぇ欲しいよ！」

「まぁ、俺はトロンちゃん派なんだけどな」

「おめぇさんの趣味なんざ聞いてねぇよ！」

　労働者たちが次々と駆け足で現場へと向かい、一般区画にようやく一時の休憩が訪れる。

　しかし、彼ら彼女らの仕事はこれで終わりではない。

　次は、昼に仕事を終えた労働者たちが一斉にまた、戻って来るのだ。書き入れ時、という言葉があるが、まさにラビの村は多くの商人たちにとって、戦場になりつつあった。


　そして、太陽が大地を照らす頃——

「よし、ここまで。残りは午後に回す」

「「お疲れ様でした！」」

各現場を仕切る親方連中がそう告げると、労働者たちは一斉にガヤガヤと言いながら、道路に並べられた木樽から木製のコップで水を掬っては口の中へと流し込む。贅沢なことに、手拭いなどを濡らす用に、水がたっぷり張られたタライも用意されてある。

「しかし、当たり前のように飲んでるけどよ……………これ、〝水〟だよな？」

「あぁ？」

「いや、〝塩〟もそうなんだが、ずっとタダだからよ………」

「ほんと、それな」

只でさえ暑い国で、水分補給もせずに働いていれば体調も崩す。村の監督をしている田原からすれば、そんなものは〝労働力の損失〟でしかない。

故に、休憩場所には潤沢な水と、旅館から運んだ塩を置き、常に水分と塩分を補給するように口を酸っぱくして通達しているのだ。

ちなみに、日払いのシステムに田原が賛成したのには一つ理由がある。

彼らの殆どが手にした金を村に落とすからだ。それは露店や立ち飲みであったり、急造の宿屋であったり、銭湯であったりと様々だが、ここにカジノや娼館などを代表とする〝娯楽施設〟の設置が進めば、更にその傾向は強まることになるであろう。

言ってしまえば、給料を支給して、時間差でまた、自分が受け取るようなものである。

もはや、村とは言い難い規模のラビの村であるが、支配地域が拡大すればするほど、商業施設を建てれば建てるほど、配った金銀へのリターンも拡大していくことになる。

「お、おぃ、あれ…………」

「あっ………」

冒険者や職人たちが一服を入れている中、３人の男女が村の中央へと歩いていく。

村の〝総監督様〟である田原と、今や労働者や患者からの熱い視線を一身に集める〝神医〟の悠である。そして、その２人を従える――――〝魔王〟と名乗る、異様な迫力を持った男。

田原や悠は住民や労働者たちに巧く溶け込み、今では愛され、頼りにされる存在であるのだが、そこに魔王が加わると、纏う空気まで一変するようであった。

その姿はかつて、大帝国が支配した占領区域を、堂々と闊歩する魔王と、その側近たちの姿を彷彿とさせるものである。

騒いでいた労働者たちも、口煩い親方連中でさえも、途端に声を潜めることとなった。

「ひ、久しぶりに魔王様の御姿を見たな………」

「やっぱり怖ぇな………何つーか、あの人を見てると、震えが止まらねぇんだ」

「そうは言うがな、あの人がいなきゃ、もう俺らの生活は成り立たねぇぞ」

「あの、とんでもない銭湯ってのを作ったのは、魔王様だって聞いたぜ？」

「俺が聞いた噂じゃ、ルーキーの街でヒュドラを嗤いながら焼き殺したってよ………」

「馬鹿、妙な噂を立てるな。八つ裂きにされるぞ！」

「悠マンマ……マッマ………オンギャァァァァァァァッ！」

「うるせぇぞ、お前！」

もはや、歩いているだけで大惨事である。

魔王も魔王で、村中から一斉に視線を送られながら歩くなど、罰ゲームでしかない。

大勢の人間が見守る中、あらかじめ空けていたとしか思えない空白地帯に3人が立ち、魔王は漆黒の空間から拠点を生み出す2つのアイテムを取り出す。

「では、始めるか――――拠点進化！」

魔王はそこへ、拠点進化アイテムである《聖水》を取り出し、中空《ちゅうくう》へと放り投げる。

眩い光を放つ光球は空中で徐々にその姿を変え、予想外の造詣となった。そのアイテムを見た群衆が、声にもならない声をあげていく。

「うそ、だろ………」

「俺は、夢でも見てんのか…………」

何と、真っ白な装束に身を包んだ天使としか思えない女性が現れたのだ。

その女性は肩に大きな瓶を担いでおり、そこから聖なる水が惜しげもなく乾いた大地へと注がれていく。その瞬間、眩い光と共に《回復の泉》と呼ばれる進化した拠点が誕生した。

設置と同時に、周囲からどよめきが溢れ、次に方々から叫び声が上がった。

「天使、様………？」

「あ、荒地が、水になっちまった…………！」

「なんだ………今のは!?」

その光景は、この世界の住人には衝撃的なものであったが、何のことはない。

いわゆる、水瓶を抱える女性の彫刻をイメージしたものであり、水瓶座のイラストなどでも、よく目にするものだ。

群衆から見たそれは、空から現れた天使が乾いた大地を泉に変えたようにしか見えなかったが、かつての会場では拠点進化の際に毎回見ていたエフェクトでしかない。

当然、側近たちにも見慣れた、いや、飽きるほどに見てきた光景である。

「いやー、助かったわ、長官殿。これでいちいち旅館から持ち出す必要がなくなるわナ」

「うむ、この泉は住人や労働者たちに無料で解放してやるといい。但し、水を外に持ち出すのは厳禁だ。余計なトラブルを生むことになる」

「んだナ。今はまだ、市場に混乱を与えたくねぇしよ」

(今は…………？)

田原が意味深な視線を送り、魔王は何も判らぬまま、それっぽく頷き返す。

ちなみに、この拠点は設置者がこの場所で戦えば体力を徐々に回復してくれる施設であったが、その他の人間には何の効果もなく、決して穢れることのない聖なる泉でしかない。

聖なる泉と言っても、別に天使や聖に纏わる加護などがある筈もなく、この拠点の設定には、「無限に湧き出す、南アルプスの天然水」という、ふざけきった記述があるのみだ。

魔族領で活躍した《富士山の名水》と同じく、料理や酒の味を引き立たせる効果などもあるが、こちらの裏設定の方がより、現地では重宝されるであろう。

２人の会話をよそに、群衆には決定的な勘違いが広がりつつあった。

いや、それはもはや――勘違いと呼んで良いものであったのか、どうか。

「て、天使様が、泉を作られたぞ！」

「ま、魔法だろ………あれが噂の第七とか、第八の魔法なんじゃねぇのか⁉」

「ありえねぇ………」

「俺ぁ、聞いたことがある。あの人の魔王ってのは、堕天使様のことを指すんだって………」

「ルシファー………様………？」

それらの声が響く中、魔王は立て続けに進化拠点の1つである《癒しの森》を設置すべく動き出す。こちらも、現地の住民を驚愕させる内容、いや、エフェクトであった。

魔王が《癒しの苗》と呼ばれる小さな苗木を大地へ設置すると、眩い光と共に瞬く間に苗木が成長し、それらは大地を次々と塗り替え、広大な森林となって広がっていく。

美しい森が温泉旅館と野戦病院の間に挟まれるようにして誕生し、村の景観が次々に美しく、より洒脱なものへと変化していく。

ちなみに、《回復の泉》の周りにも椰子の木が立ち並んでおり、この暑い国の風土に景観としても非常に合うものとなっていた。

突然のように現れた森林に、群衆は目を丸くしながら叫ぶ。

「おいおいおい！　次は森が出てきたぞ！」

「何が、どうなってんだ」

「魔王様は………天地を創造されるのか………」

群衆の疑問は、当然のものであった。

何処の誰が、何もない空間に泉や、森を生み出すであろうか。そんな存在がいるのであれば、それは神や天使といった超高次元の存在しか成しえぬものであろう。

もはや、勘違いが勘違いでなくなってしまった瞬間である。

「悠、増えすぎた患者は、この森で休むように誘導しろ」

「ありがとうございます、長官」

その名の通り、この進化拠点には癒しの効果がある。

かつての会場では、負傷箇所が時間経過で治癒されていくものであったが、負傷と言っても、現実に置き換えるとその内容は様々だ。

骨折や切り傷、腰痛や膝の痛みなど、雑多な内容のそれらを、ゆっくり時間をかけて癒していくことになるであろう。

最後に、魔王は目玉となる拠点を設置すべく、村の奥へと移動していく。ごく自然に、それへ従うように群衆もぞろぞろと後を追う。

まるで、奇跡を起こす聖者に率いられた信者の群れのような光景である。

次に、魔王は拠点進化アイテムである《遊戯証》を取り出す。かつての会場で、お遊び要素として導入したギャンブルが行える、《カジノ》を設置しようとしているのだ。

田原はそれを見て目を輝かせ、悠は呆れたように溜息を吐く。

「さて、この地に黄金を降らせようではないか――――拠点進化！」

魔王が気取った格好で手を振ると、そこに見る者を驚愕させるような、壮大なカジノホテルが誕生した。

実際にラスベガスに存在する「ベラージオ」をイメージして大野晶が製作したものである。

実在のベラージオは36階建て、客室数は本館・新館を加えると４０００近いトンでもない規模のカジノホテルであるが、このカジノは14階建てとなっている。

その内訳は、１～３階部分にはカジノやレストラン、ショーを行うスペースなどになっているが、４～13階部分は高級ホテルとなっている。最上階である14階の屋上にはオーナールームが設置されており、実に豪壮なものであった。

カジノの前面には人工湖が佇んでおり、そこでは音楽と連動して様々な噴水ショーを見ることができるようになっていたが、今はただ、静かに湖面が広がるのみであった。

これらを動かした際には、その衝撃は更に大きくなるであろう。この国で、最も貴重とされる水を使って盛大なショーが繰り広げられることになるのだから。

「かーっ！　こいつを待ってたんだよナ！」

カジノを見た田原が、感に堪えたような声を上げる。

彼は本来、自堕落な男であり、私生活に関しては生活無能力者であった。当然のように、各種のギャンブルなどは大好物である。

悠はギャンブルなどに興味はないが、建物の美しさにうっとりとした声をあげた。

「夜になれば一層、華やかになるでしょうね、長官………」

「う、うむ………」

ちゃっかり腕を絡めながら、悠がぴったりと魔王に寄り添う。

悠が言った通り、カジノホテルの佇まいは絢爛豪華としか形容のしようがない。

様々なライトアップによって、建物全体が黄金色となって眩い光を放っているのである。昼間であるにもかかわらず、既に太陽を欺くような幻想的な建造物であった。

それに加えて、夜になればイルミネーションで更に飾られるため、その豪華さときたら、言葉にもならない。

「こりゃ従業員の教育が急務だナ。世界で一番、バニーガールが輝く場所だ。まさかとは思うが、これも狙ってた訳じゃねぇよな、長官殿？」

田原が冗談っぽく話を振るも、魔王は笑みを浮かべるだけであった。単に、答えに窮しただけなのだが、その笑みは見る者によっては様々な憶測を呼ぶであろう。

沈黙は金、とは良く言ったものである。

黄金色に輝くカジノを見て、田原はしみじみと口を開く。

「この国は、千年以上にもわたって貴族が民衆から金銀を搾り取ってきた。その日を暮らすのが、精一杯って連中がゴロゴロしてやがらぁ。まさに、超超格差社会ってやつだ」

田原の言葉を聞きながら、魔王も思うところがあったのか、深く頷く。

現代の日本も、気が付けば驚くほどに格差が広がった社会になっていたのだから。この問題に関しては、魔王も他人事ではいられなかった。

バブル時代から、その崩壊。次に訪れた就職氷河期に、非正規雇用が当たり前となっていった社会の変遷というものを、この男も目の当たりにしてきたのだから。

そんな魔王の考えをよそに、田原は饒舌に語る。

「民衆はまともな教育も受けられず、儲かる商売が出れば貴族がそれを取り上げちまう。これじゃ、生活水準が上がる訳もねぇし、国が発展する筈もねぇ。未来に希望が持てない国家は、緩やかに後退し、次に停滞し、最後にゃぁ停止しちまう」

田原の言葉を聞きながら、悠は苛々したように口を挟む。

「判りきったことをくどくどと………一体、何が言いたいの？」

「長官殿はこれまで以上に、民衆が嫌がろうが、泣き喚こうが、拒否しようが、ありとあらゆる手段を総動員して、その懐に金を捻じ込んでいくってことさ。そういうこったろ？」

「…………随分と、愉快な表現だ」

魔王がうっすらと微笑を浮かべ、田原も笑いながら煙草に火を点ける。互いに考えていることは違うのであろうが、傍目から見れば以心伝心といった姿である。

当然、悠としては面白くない。そもそも、この世界に来てからというもの、２人の思考的距離が近すぎると常々感じていたのだ。

かつて、大帝国が存在した世界において、長官の意に最も添ってきたのは悠であったのだから、その場所を削られているような、苛立ちを感じてしまうのであろう。

悠は魔王の腕をより強く引き寄せたが、田原はお構いなしに饒舌をふるう。

「物を買いたくても金がねぇ。売れねぇからロクに商売にならねぇ。何をやっても、貴族があれこれと理由を付けては重税を課し、利権やらで口を挟んでくる。こんな八方塞がりの状況じゃぁ、未来に絶望して、サタニストとかいう連中になるのも無理ねぇわナ」

田原の言葉に頷きながら、魔王は悠にも不信がられぬよう、人体に例えながら答えを返す。

「お前の言う通り、国家における金とは、人体における血液のようなものだ。循環しなくなれば、様々な方面に障害を生む」

そんな魔王の言葉に、悠も腕を絡めながら柔らかい笑みを浮かべる。人体に例えた回答に満足したのか、密着していることに満足しているのかは定かではないが。

実際、金という〝血液〟が回らなくなったり、何処か一箇所にのみ集まったり、止まるようなことがあれば、健康を害するどころの話ではない。

その先に待っているのは、緩やかな死しかないであろう。

「で、長官殿から〝黄金の輸血〟って訳だ。そりゃ、ありがたくって寝たきりの爺さんでも飛び起きるわナ」

田原に言わせれば、魔王は仕事だけではなく、娯楽も与え、そこでも容赦なく民衆へ金をバラ撒くつもりだということになる。

仕事に給金に娯楽、それに加えて、銭湯を代表とする様々な拠点による恩恵などを考えると、魔王の支持者は今後、急速に拡大していくであろう。

むしろ、拡大しない訳がない。

ここだけを抜粋すると、単純なバラ撒き政策にも見えるが、現在の聖光国には、必要なことであると田原は考える。

「この国ぁ、貴族という心臓だけがたっぷりと血液を吸い上げ、その手足となる民衆には血液がちっとも返ってこなかった。手足の方はもう壊死寸前か、ミイラみたいに干からびてやがる」

田原のそんな喩えを聞きながら、魔王はおもむろに煙草を咥える。

何かトンでもない方向に話が転がってきたぞ、と。

（おいおい、勘弁してくれよ………経済とかそっち方面の話なんて、俺には判らねぇぞ）

そんな魔王の姿を見て、すかさず悠が懐からライターを取り出し、火を点けた。恋人のように寄り添いながら、悠は田原を睨み付ける。

「さっきから話が長いわね。いつまで長官の耳に雑音を届けるつもり？」

「い、いや、良い機会だ。田原の存念を聞いておきたい」

魔王は慌てて口を挟み、田原の口から答えを探ろうとする。

何せ、この男がカジノを設置したことに大した理由などないのだから。

一番の理由としては、備え付けのレストランに置いてある酒や、快適豪華なオーナールームで寝たいといった、下らないものばかりなのだ。

「長官殿は評判を高め、支持を集めるだけじゃなく、手足の方にも血液を送ろうとしてンのさ。貧民層っつー、毛細血管にもナ」

「そうなのですか、長官？」

悠は若干、不満気に問いかける。

彼女の思想としては、愚民どもに治癒を与えることは自身の趣味嗜好にも繋がるものであり、歓迎すべき政策であるのだが、金まで与えてやるなど慈悲が過ぎるといったところであろう。

それを聞いて、魔王はいつものように口調だけは重々しく返す。

「古来より、ギャンブルとは天国と地獄を味わえる施設だ。飴にもなるが、時には激しい痛みを伴った鞭にもなる――――」

魔王は必死に昔を思い出しながら、何とかそれらしいことを口にした。

実際、この男もパチンコやスロットなど、その手のギャンブルで痛い目を見たこともあれば、美味しい思いをしたこともある。

その回答自体は平凡なものであったが、大帝国の魔王の口から出た言葉として聞けば、一種の凄みを感じさせるものがあった。

「なるほど。国民の幸福を管理する――――まさに、長官の本領ですわね」

どう解釈したのか、悠はうっとりとした表情で応える。悠が納得したのを見て、田原は小石を湖面へと放り投げ、そこから広がる波紋を見つめた。

それは、ド派手にバラ撒かれるであろう金が、血液が、どう広がり、どう跳ね返ってくるかを暗示しているようでもある。

「今はまず、末端にまで届くように金銭を行き渡らせねぇとナ。ゼニが入りゃぁ、自然と消費も進む。消費が増えりゃ、商売も勢いづいて、生産も刺激されらぁナ」

田原の語る内容はストレートで、経済における原則原理とでも言うべきもの。

何せ、人間というものは、金がなければ何もできないのだから。逆に、金があれば何でもできるという、自然界から見れば奇妙な生物でもある。

腹が減っても、金がなければ空腹にも耐えるしかないが、金があれば話は別だ。まして、懐に余裕があるなら、普段は口にできない物も欲しくなる。

当然、酒を飲む者もいるだろうし、贅沢な宿屋に泊まる者も出てくる。

新しく服を仕立てる者も出れば、靴を新調する者もいるだろう。それらは様々な産業に恩恵と刺激を与え、農民や職人たちを豊かにしていく。

国内に金という血液が活発に巡れば巡るほど、民衆は力強く成長し、日々の生活が豊かになり、そのような政を進めていく為政者は、当然のように支持を得る。

この国の貴族たちと同様に、かつての大帝国も恐怖や武力といったものを用いて版図内の国民を縛り、その活力を奪っていったことを考えると、まさに正反対の道であろう。

田原のそんな説明を聞きながら、魔王は賢明にも沈黙で応え、悠も口を閉ざしていた。

悠の頭に浮かぶのは、「大帝国とは正反対の道を往く」――という言葉であり、魔王の頭に浮かぶのは、「そこまで考えてねぇよ！」というものであった。

田原は煙を吐き出しながら、魔王へ意味深な視線を送る。

「長官殿は以前、俺に語ってくれた内容を覚えてるかい？」

（急に変なパスを出してくるなよ！　どの話だ⁉）

魔王は必死にそれらしい話を思い出そうとするものの、皆目、見当が付かない。

故に、無言で頷くことにした。

「商売ってのは自分の利益だけじゃなく、最初に相手を、時には自分よりも、相手を儲けさせることによって、〝信用〟が生まれてくってナ」

「…………随分と、懐かしい話だ」

「あんたの〝国獲り〟っつー〝商売〟は、この上なく順調だ。俺も、長官殿が進める今の政策は大歓迎でね」

（いや、俺じゃなくて、お前の政策なんだよ…………！）

この男に、そんな遠謀がある筈もない。大野晶の中にあるのは、自らの権限を全て取り戻し、自らが構築した〝世界〟を再び手中にすることのみである。

この男は異常な気質を持ったクリエイターであったが、政治家でも何でもないのだから。

「長官の御力を目の当たりにして、民衆も騒ぎ出したようですわね」

その言葉に振り返ると、黒山の人だかりのような群衆が詰め掛けていた。その顔に浮かぶのは、驚愕や畏敬、恐怖や戸惑い、未知への期待といった様々な感情。

中には、〝黄金の神殿〟を見て拝跪《はいき》する者までいる始末である。

それを見て、田原や悠は「今後、やりやすくなる」と満足気な表情を浮かべた。

（拠点を設置しただけで、えらいことになってしまったな…………）

この男にとって、拠点の設置などはもはや、呼吸に近いものである。

会場のアイテムを駆使するのも、無意識に手足を動かしているようなものであった。

しかし、側近たちからは全ての言動や行動が千手先を見据えた政治的な策謀とされ、群衆からは〝奇跡〟のように騒がれる始末である。

(どいつもこいつも、俺のやることなすことの全てに…………)

魔王としては懊悩《おうのう》するしかない状況であったが、それでも自身が生み出したものを全て設置し、世界の全てを〝自分の色〟で塗り潰していくことを決して止めないであろう。

この男には、為政者としての資質など微塵も存在しなかったが、かと言って、〝他人の世界〟に浸っていられるような生易しい男でもない。

周囲の視線や思惑がどうあれ、最終的には〝自らの意思〟を貫いていくであろう。

「長官殿、後ろの群衆の皆さんに、何か一言くれてやったらどうだぃ?」

(おまっ……! 俺にこれ以上、何を言えってんだよ!)

魔王は内心で慌てたものの、その群衆の中に、カジノを見て目をキラキラとさせているルナを抜け目なく発見する。その隣には、言葉を失っている様子のイーグルもいた。

魔王は無言でルナへと歩み寄り、微笑を浮かべる。

「金色《こんじき》とは、お前の異名だったな」

「へ……う、うん…………」

「この拠点は、その名に相応しい居城になるだろう」

「居城……わたし、の………?」

魔王はそれだけ告げると、無言でカジノへと向かう。

そして、大切なことを付け加えた。

「田原、準備ができるまで、この施設は関係者以外立ち入り禁止だ」

「りょう～かい」

（後はルナに任せよう。あいつは何と言っても、領主なんだしな！　これも仕事だ、仕事！）

魔王は表情だけは厳かに、内心ではホクホク顔で立ち去っていく。

この騒ぎの後始末を、全面的にルナへ押し付けただけなのだが、群衆は今のやり取りを聞いて一気にヒートアップした。言葉だけ聞いていると、この〝黄金の神殿〟をルナのために用意したとしか思えなかったのだから無理もない。

「こ、この神殿を…………〝奇跡〟を、ルナ様のために⁉」

「聖女様とは、そういう関係だったのか…………」

「とんでもない規模の話だな…………プレゼントってレベルじゃねーぞ！」

「すげぇぇぇぇぇぇ！」

戸惑うルナであったが、群衆からの驚嘆の声に途端、地の顔が飛び出す。

ふふん、と偉そうに鼻を鳴らしたかと思うと、ない胸を反らしながら堂々と言ってのけた。

「そうよ、これは私の城！　あんたたちも精々、崇めなさいっ！」

その声に、群衆たちも素直に賞賛の声を上げる。何せ、目の前に見たことも聞いたこともない〝黄金色に輝く大神殿〟があるのだから、否定のしようがなかった。

「ル、ルナ………本当に良いの、そんなことを言って？」

イーグルが小声で袖を引くものの、そんな言葉をルナが聞く筈もない。

むしろ、勢いづいたように益々、胸を反らす。

「そうね、下僕のあんたにも一室ぐらいは与えてあげるわ。感謝しなさいっ！」

「いや、僕はこんな怖い建物には…………」

「ちょっと………怖いって、どういう意味よ！　これは私の城なのよ！」

ルナが叫ぶ一方で、群衆のざわめきはもう止まらなかった。大きな泉に、突如として現れた森林、トドメに黄金の光を放つ大神殿である。

まるで、神話に描かれているような〝奇跡〟の連発であった。

魔王からすれば、まるで村の衣替えでもするような気軽さであったのだが、それがもたらす余波は想像を絶するものとして、群衆の胸に長く刻まれることとなった。

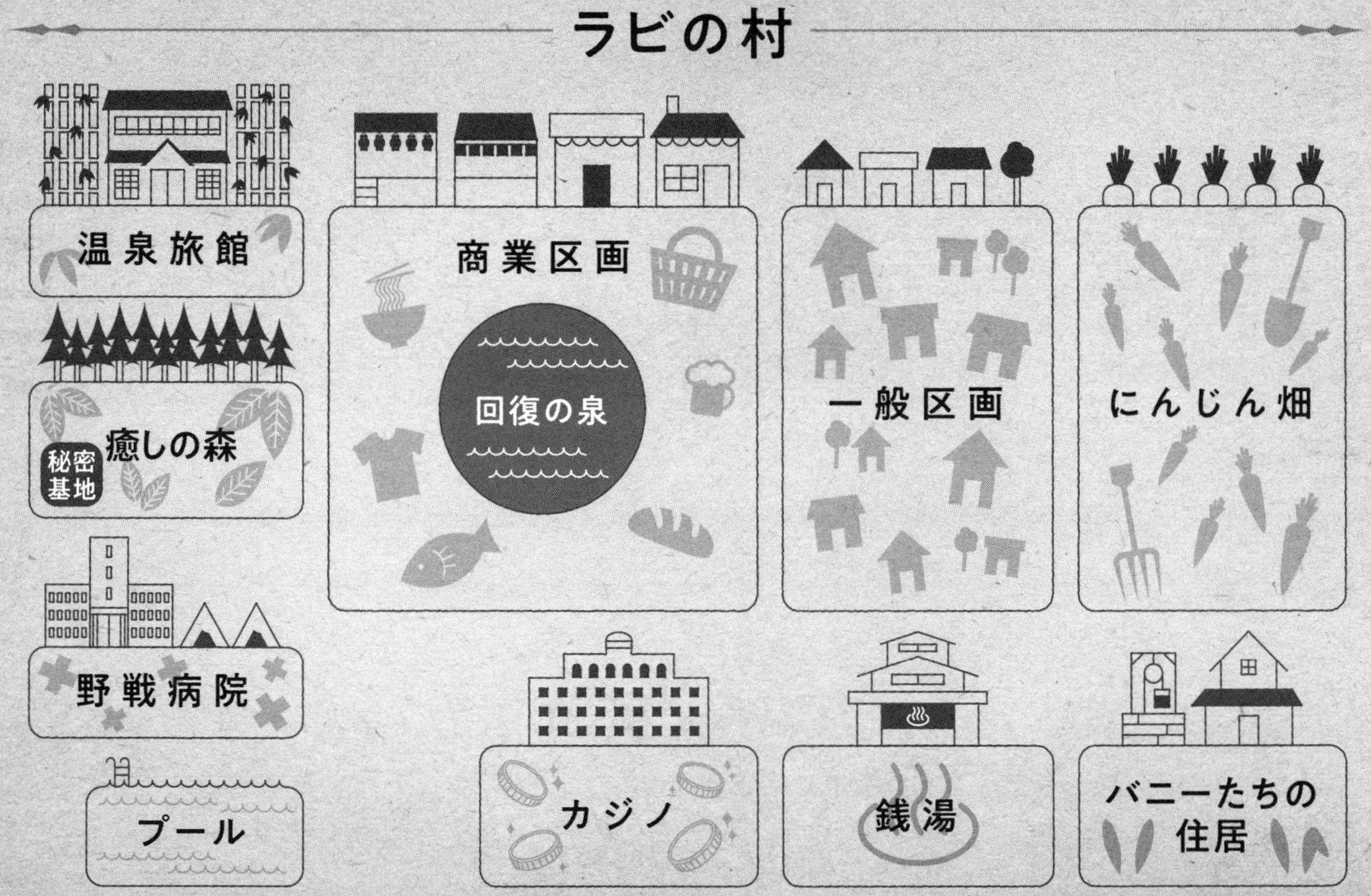
ラビの村
温泉旅館
癒しの森
秘密基地
野戦病院
プール
商業区画
回復の泉
一般区画
にんじん畑
カジノ
銭湯
バニーたちの住居

近藤　友哉

魔王は引き篭もりのプロである側近を召喚すべく、カジノへと向かう。

ついでに中も確認しておきたかったのだろう。入り口の自動ドアが開くと、中には既に冷房が効いているのか、涼しい風が流れ込んでくる。

「相変わらず、電気なしでも動いている訳か………」

カジノは外観もそうだが、高級施設ということもあってか、内装も豪華極まりない。

入り口となる玄関ロビーは巨大なホールとなっており、天井には幾つもの黄金のシャンデリアがぶら下がっている。その中央には、天使像が飾られた噴水などが設置されていた。

ロビーのあちこちにはギリシャの神殿をイメージしたような柱が何本も建っており、そこには水晶で彩られた眩い照明が飾り付けられている。

(我ながら、派手なもんだ………)

天井へ目をやると、色とりどりのステンドグラスが嵌め込まれており、そこには様々な西洋画が描かれている。視線を床へと落とすと、格調高いレッドカーペットが敷かれており、ＶＩＰと呼ばれる人間たちが、遊戯に耽る場所として相応しい風格があった。

(内装はともかくとして、食品倉庫はどうなっている)

勝手知ったる何とやら、魔王は従業員通路を通り、真っ直ぐに目的の場所へと向かう。

カジノには〝黄金樹〟と呼ばれる豪華なＢＡＲが設置されており、そこでは食事も楽しむことができる、との設定が施されていた。

魔王は期待に胸を膨らませながら倉庫の扉を開いたが、すぐさま落胆の表情を浮かべる。

（やはり、ダメか…………只の空き倉庫になってるじゃないか）

本来であれば、様々な食材や世界各国のフルーツなどが貯蔵されているという設定であったが、そこには食料どころかダンボール箱一つすらない。

（クソ…………酒、酒の方はどうだ！）

更に通路を進み、ワインの保管庫へと向かうと、そこには空間を埋め尽くすような棚の群れが目に飛び込んできた。数え切れないほどのワインラックや、ワインセラーの中には、しっかりと中身が入った瓶が収められており、魔王は思わずガッツポーズを作る。

「あるじゃないか、酒が！　これを待っていた！」

勢いづいた魔王は更に扉を開け、ワインや日本酒、焼酎などが詰まった大小様々な木樽を見て、思わず破顔する。ようやく、ＳＰを消費せずに酒が飲めると思ったのだろう。

（これこれ！　やっぱり、カジノには酒だよなぁ…………それと、バニーガールだっけ？）

田原の発言を思い出し、魔王の笑いが大きくなる。実際にバニーたちがカジノで働いている姿を想像したのであろう。この黄金に満ちた豪奢な空間の中、バニーガールたちが歩いている光景はさぞ、見物だろうと。

（さて、次は冷蔵保管室だな…………）

魔王は自信を取り戻した様子で別の倉庫へと向かい、扉を開ける。

そこには巨大な業務用の冷蔵庫が、所狭しと並んでいた。

「ある、ある、あるじゃないか！　うっはっはっ！」

遂に魔王は大声を発し、高笑いを始める。

業務用冷蔵庫の中には、ビールや、チューハイ、ハイボールやジュースの類などがぎっしりと詰め込まれており、壮観な眺めであった。

魔王はつい手を伸ばし、ハイパードライと書かれた銀色の缶ビールを取り出す。

手にしただけで、喉がごくりと鳴った。

「オーナーとして、客に出す前には毒見をしないとな………うっっっま！」

魔王はそのまま缶を傾け、一気に飲み干す。

辛口の中にも爽快感があり、久しぶりに味わう喉越しであった。

「くぁー、キンキンに冷えてやがる………堪らんな、これは！」

魔王は続けて、エントリーモルツと書かれた缶ビールを取り出し、プルトップを開けると勢い良く缶を傾けた。

「んぐんぐ……くはー！　一缶だけの毒見では不十分だからな。ここは、オーナーとして責任を果たさねばなるまい。品質チェックは万全にしないとな」

魔王は「ヨシ！」と現場猫のようにはしゃぎながら、幾つかの懐かしい酒を毒見し、その品質を確かめていく。

その姿はどう弁解しようと、昼から酒をかっ食らっているオッサンにしか見えなかったのだが、この男の中では毒見と、品質チェックという大義名分を作り出していたため、全く躊躇のない姿であった。

「まおーがまた、お酒を飲んでるの――――」

「のわぁぁぁ！」

振り返ると、宙をフワフワと浮いているトロンがいた。その顔には呆れたようなジト目が張り付いてある。

魔王は慌てて咳払いし、威厳を作り出す。

「ここは関係者以外、立ち入り禁止だ」

「私もかんけーしゃなの」

「はぁ…………まぁ、良いか」

「良いの」

真顔で告げるトロンに、魔王も諦めたような表情を浮かべる。この特別な〝眼〟を持つ少女に、どう取り繕ったところで通用しないのだから。

「私もお酒を飲みたいの」

「ガキが何を言ってんだ。第一、これは品質チェックという大事な仕事だ。産地偽装問題などが起これば、マスメディアが騒いで15年続いた店の看板に傷が付くことになる」

「ちょっと何言ってるのか判らないの」

「と、とにかく、出るぞ！　来い」

「あーーれーー」

トロンの体を小脇に抱え、魔王は足早に冷蔵保管室を出る。

大人しく運ばれているところを見ると、トロンも他の場所が見たかったのであろう。子供からすれば、ここは奇妙な銀色の箱が並んでいる退屈な空間でしかない。

（ロビーに戻るついでに、チェックしておくか………）

魔王はロビーを抜けた先に広がる、肝心のカジノ部分へと足へと運ぶ。

そこには訪れた者の目を欺くような、近代的なカジノ設備が完璧な形で整えられていた。

ポーカーやブラックジャック、バカラやクラップスなどの代表的なギャンブルだけではなく、
2階へ行けば海外仕様のスロットや、キノなどもある。

3階に行けば〝すごろく人生ゲーム〟や〝脱出ゲーム〟などが用意されており、運や、知恵を試す空間としては相応しい設備が揃っていた。

「お魚が、泳いでるの………」

「ん？」

トロンがふわふわと宙を浮きながら、巨大なディスプレイへと張り付く。

それは、水族館も顔負けのアクアリウムである。

「こんなキラキラとしたお魚、見たことがないの。凄く可愛いの」

「まぁ、可愛くはあるが………」

この男は別に、熱帯魚を飼うような趣味はない。

ただ、ギラギラとしたカジノの中に、癒しも用意しようと思っただけである。

アクアリウムの中には様々な水草だけではなく、水車のようなものまで置かれており、洞窟や苔むした岩山の中を、楽しそうに泳ぐ魚たちの姿を見ることができた。

淡い照明で彩られたそれらは、水の王国とでも呼べそうな空間である。

「凄いの。ここは、これだけで〝完成〟してるの」

トロンは飽きもせずにガラスへと張り付き、そんなことを口にした。魔王からすれば、まんま子供を水族館にでも連れてきたような気分に陥ってしまう。

（確か、熱帯魚の飼育は、19世紀頃から始まったんだっけ…………？）

熱帯魚について何か教えようとするものの、この男にそんな知識はない。

魚と言えば食い物でしかなく、頭に浮かぶのは焼き魚や刺身のことばかりであった。

（はぁ、何か見てたら腹減ってきたな……マグロにサーモン、真鯛、カツオ、ブリ、カンパチ、ヒラメ…………刺身もロクに食えないなんて、冗談じゃねーぞ）

魔王の頭に様々な刺身が浮かび、それ一色で埋め尽くされていく。

こんな男が熱帯魚を語るなど、とんでもない話であった。

「キラキラと言えば、上にもあるぞ」

「…………うえ？」

魔王が指差すと、そこには満天の星をイメージした天井が広がっていた。

この男からすれば、良くあるプラネタリウムである。

しかし、トロンの眼に映るそれは、音もなく、静かに広がる宇宙そのものであった。

「凄いの………まるで、夢のお城みたいなの………」

「たまに流れ星や、オーロラが見れるようになっている。プレイヤーの中には、流れ星を見たら勝率アップ、なんてデマが流れていたが」

昔を思い出したのか、魔王が可笑しそうに笑う。

そんな魔王を見て、トロンはふわふわと浮きながら腕に絡みつく。

「私、ここに住みたいの。アクとキラキラするの！」

そんな子供らしい感想に、魔王も苦笑いするしかない。最初は華麗に映っても、毎日暮らすとなれば、こんな落ち着かない空間はないであろう。

「ここはカジノのスペースであって、住む場所ではない。13階のフロアは関係者にのみ開放する予定なんでな。そこで、好きな部屋を選ぶと良い」

「私の部屋………じゃあ、アクと一緒に住むの」

13階にはスイートルームばかりが並んでおり、ロイヤルスイートと呼ばれる部屋まである。

恐らくは、ルナがそこを占拠するであろう。

「アクには先日、秘密基地をプレゼントしたばかりでな………案外、お前もあっちの方が気に入るかも知れん」

「ひみつ、きち？」

魔人として追われる立場にあったトロンにも、あの拠点は一種の安心感を与えるのではないか、と魔王は考える。

脅威から解放されたオルガンが、眩しい笑みを浮かべていたことを嫌でも思い出す。

「…………お前は、〝角〟を求めないのか？」

気付けば、そんなことを口にしていた。

オルガンがあれほどに求めたものを、トロンはどう思っているのか気になったのであろう。

「私は要らないの。皆がいるこの村で、毎日を過ごせたら満足なの」

「そうか…………」

オルガンは苛烈なまでに「生」を求め、トロンは平穏な「静」を求めた。

つまるところ、そういうことなのであろう。

「でも、私にも叶えたいことはあるの」

「ほう、言ってみろ」

魔王は煙草に火を点けながら、興味深そうな顔付きとなる。

これまで、トロンから望みなどをあまり聞いたことがなかったからだ。

「私を、零のお嫁さんにして欲しいの」

「ごふっ！」

そんな言葉に、魔王が盛大に咳き込む。先日、オルガンからも「子供が欲しくないか？」などと言われたばかりであり、酷いデジャブであった。

「あのな、年齢差を考えろ。大体、お前は幾つなんだ？」

「年齢なんて判らないの。そんなことを考える余裕なんて、私にはなかったの」

「まぁ、色々と大変だったようだしな…………」

魔人として、魔族からも人間からも忌み嫌われ、最後にはサタニストに拾われたという経緯を聞いていたため、それ以上聞くのは無神経というものであった。

「なら、アクと同じ13歳にしておけ。覚えやすい方がいい」

ざっくりと、魔王が乱暴なことを言う。

人様の年齢を勝手に決めるなど、滅茶苦茶な話であったが、トロンは驚いたように目を見開き、やがて嬉しそうに頷いた。

「アクと一緒なら、良いの」

「ん、では16歳以下ということだな。嫁うんぬんはなかったということで」

魔王はそれだけ言い残し、エレベーターへ向かおうとする。しかし、トロンにロングコートを掴まれ、その歩みがピタリと止まった。

「まおー、うまく誤魔化してもダメなの」

そも、この世界では結婚に際して、年齢による縛りや法などはない。貴族の家では、生まれた瞬間から婚約相手が決まることも珍しくないのだから。

結婚や婚約などは、様々な政略の場面で使われ、本人の意思など関係なく事が進んでいくのが普通である。

貧しい民衆の家庭でも、口減らしに奉公へ出されたり、使い捨ての労働力を欲する場所などに二束三文で売り払われるのが日常の風景でもあった。

「まおー、逃げないで答えるの」

「こら、離せ！　とにかく、上に行くぞ！」

トロンの体を無理やり掴み、魔王はそそくさとエレベーターへ乗り込む。

豪華なカジノに相応しい、円形の洒落た作りのエレベーターである。

そこには1から13のボタンが並んでいたが、魔王はそれには触れず、上部の指紋認証の部分へと人差し指をあてた。

途端、エレベーターがゆっくりと動き出す。

「浮い、てる………動いてるの」

「この世界でも、工事現場では滑車とロープを使って荷物を高い場所へと運んでいたが、それを自動的にしてくれる機械だ」

エレベーターの歴史は意外と古く、ローマ帝国の皇帝ネロなどは宮殿に3台ものエレベーターを設置していたと伝えられている。無論、それらは人力で上げ下げをしているだけであり、近代のエレベーターとは少し違うものであったが。

「まおーはいつも、凄いものを出すの」

「私から言わせれば、好きなだけ空を飛んでる、お前の方が余程凄いんだがな………」

魔王はしみじみと思う。

人類は科学を発展させることで栄えてきたが、空は未だに遠い――――と。

どれだけ鋼鉄の飛行機を飛ばそうとも、人そのものは飛ぶことができない。思えば、そこらのスズメやカラスにでもできることが、未だに手が届かないのだから。

(人間とは何者かによって、翼を捥《も》がれた生き物なのかも知れないな………)

何気なく思ったそれは、意外と重要なことを指しているようでもあり、魔王は思案に耽ろうとしたが、軽快な到着音と共に扉が開く。

途端、トロンはウキウキした様子で外へと飛び出す。

そこに広がるのは、豪奢極まりないオーナールームであった。前面は全てガラス張りであり、部屋にいながら眼下を見下ろすことができる。

部屋の外には大小様々な電飾パネルが設置されているだけであり、その高さもあってか、視界を遮るものは何もない。トロンは外に出ると、空を指差す。

「まおー、見て！　空が近いの！」

「空が近い、か………面白い表現だ」

見上げると、そこには刷毛《はけ》で刷《は》いたような青空と、そこをのんびりと泳ぐ雲が流れていた。

先程までアクアリウムを眺めていたこともあってか、雲まで魚のように見える。

「世界の、全てが見えるの」

「見渡す限り、荒野しかないがな………本場のラスベガスも、ネバタ砂漠のど真ん中にあるとはいえ、流石にここまではなぁ………」

屋上には気持ちの良い風が吹いていたが、そこから見える景色は乾いている。

それでも、トロンの瞳には美しいものとして映っているようであった。

「この景色を、零にも見せてあげたいの」

「こんなところにあいつが来ても、族車で走り回るのがオチだ」

魔王はそう切り返したが、確かにこれだけ何もない場所をバイクでかっ飛ばせば相当に気持ちが良さそうではあった。

ここにはパトカーもいなければ、スピード違反もなく、信号機もない。

「言っておくが、あいつはヒーローでも何でもない。むしろ、治安を乱す側の暴走族だ。それも、昭和の時代のな」

魔王は吐き捨てるように言ったが、トロンは可愛く首を捻るだけであった。文字通り、彼女には見えるのであろう。それは言葉だけで、心の奥底では違うことを考えていると。

「零は、まおーの理想の姿。こうありたいと願った存在そのものなの――」

「……っ。違う、あれはガキの頃の、それこそ、小学生ぐらいのガキが考えるような戦隊もののヒーローをちょっと笑えるようなネタキャラにして、そりゃ、たまに格好良く……あぁ、もう！何の話をしてるんだ、これは！」

魔王は苛々したように白煙を吸い込み、そっぽを向く。

そんな狼狽した魔王の姿を見て、トロンも笑う。

「零は恋人。まおーはパパ活なの」

「ふざけんな！　何がパパ活だ！」

トロンのしれっとした言葉に、魔王が盛大に突っ込む。実際、見た目で言えばパパ活どころか、幼女と、それを誘拐した犯罪者のようにしか見えない。

「良いか、私は今から仕事がある…………アクと一緒に遊んでいるといい」

「うん。また夜に、なの」

その言葉に、魔王はげんなりとした表情になる。

村に戻ると、大抵はアクとトロンに挟まれながら寝ることになってしまうのだ。結婚すらしていないのに、その姿は既に子持ちの疲れたサラリーマンのようである。

「ともあれ、エレベーターの使い方を説明しておく…………」

と言っても、ボタンを押すだけなのだから説明もクソもない。小さく手を振りながら、トロンの姿が扉の向こうへと消えていく。

それを見届けた魔王は、ゆっくりと白煙を燻らせ、吸殻を携帯灰皿へと放り込んだ。


「何だか騒がしかったが…………始めるか」

魔王の顔付きが変わり、新たに側近を呼び出すべく準備に入る。

呼び出す相手は〝近藤《こんどう》　友哉《ゆうや》〟――――様々な〝眼〟を持つ能力者だ。

近藤は能力を発動させると３６０度の視界となり、上空から俯瞰する眼と、瞬間的な未来視も可能となり、時には相手の視界を〝ジャック〟するなど、眼に関する能力は多岐にわたる。

そのため、かつての会場では、近藤が放つ攻撃には回避判定が働かず、触れたら火傷どころでは済まない、地獄の猛反撃を甘んじて受け止めるしかないという特殊なキャラであった。

数え切れないほどに繰り返された不夜城攻防戦の中で、殆どのプレイヤーが近藤を無視したのも当然であろう。

彼は能動的に動くことはなく、攻撃を仕掛けない限りは自室から動かない。要するに戦うだけ無駄であり、戦闘を仕掛けても大きな害を生むだけの存在であった。

（近藤、か………）

魔王の脳裏に、これまで召喚した側近たちの姿が浮かび、思わず頭を抱えそうになった。

妹狂いの天才に、解剖大好きな女医、制御不能のミサイル娘ときて、お次は自宅警備員である。

この男でなくとも、頭の一つも抱えたくなるであろう。

（何で俺は、こんな側近ばかりを…………）

嘆く魔王であったが、致し方のないことであった。

全て自業自得の話であり、過去の自分が投げたブーメランが時間差を置いて未来の自分の頭へ突き刺さったというだけの話でもある。

（いずれにしても、村の安全はこいつにかかっている。頼むぞ、近藤…………）

魔王が一つ深呼吸し、幾許かの緊張と共に管理画面を開く。

いよいよ、召喚が始まった。

「近藤よ、我が前に姿を現せ――――！」

その言葉と共に、白と黒の巨大な光が前方に現れ、それらが重なった時――

一人の少年の形となった。

「えっ……ここ、何処………って、うわぁぁぁ、長官！」

「うむ、よく来てくれたな」

「な、何でしゅか………ぼ、僕、何か怒られるようなことをしまひたか………」

（噛んでるな………）

設定した通りの、いや、それ以上の挙動不審さであった。

何より、怯えっぷりが酷い。近藤は年少組とは多少の会話もかわすが、加藤以外とは殆ど口を利かないため、そのコミュ症っぷりは筋金入りである。

言わずもがな、その上司たる〝大帝国の魔王〟など、恐怖の対象でしかない。

「こ、ここ何処ですか………何で僕は連れて来られたんですか………」

近藤の足が生まれたての小鹿のようにプルプルと震え、足元に地震でも発生しているかのように激しく体を揺らす。

まだ何もしていないのに、前に立っているだけで、既に魔王の姿が罪人を裁く閻魔大王のようになっていた。

「落ち着け、近藤。ここには私とお前しかいない」

「だ、だから余計に怖いんじゃないですかぁぁぁぁ！　うわぁぁぁん！」

（お前な………どんだけ失礼なんだよ！）

自分の姿を見ただけで、怯えきっている近藤の姿に魔王は軽いショックを受けていたが、理性でどうにかそれを抑え込む。怯える近藤を落ち着かせようと、その肩を優しく掴み、男にしておくには勿体ないほどの可憐な顔をじっと覗き込んだ。

「怒るために呼んだのではない。お前の力が必要だから呼んだのだ」

「はぅ…………っ!?　うぅ……」

「…………？　何も恐れる必要はない。判ったな？」

「は、はぃ…………」

近藤の体に何かが走り、震えが止まったが、変わりにその顔が赤面していく。

それは安堵であったのか、恥ずかしさであったのか――ともあれ、ようやく話ができる状態となった。

「近藤、お前を呼んだのは他でもない――」

魔王がこれまでの経緯を軽やかに説明していく。

既に4回目とあってか、流石に手馴れたものである。聞く側である近藤も二次元にどっぷりと嵌り込んでいるため、その理解は早かった。

無論、その理解の仕方は斜め上の方向ではあったが。

「つ、つまり、長官は異世界召喚をされた訳ですね……？　恐怖の大魔王とか、地獄の帝王とか、殺戮の大魔獣として…………」

「そ、その言い方には、語弊があると思うがな…………」

「ぼ、僕も、長官が異世界召喚をされるなら、きっと魔王として呼ばれると思っていたんです！　世界の一つや二つ、指先で滅ぼしたり、全世界の女性を奴隷にしてハーレムを築いたり、女勇者を返り討ちにして闇堕ちさせたり」

「今のところ、そんな予定はないがな………」

近藤から放たれる、悪意のない罵倒に魔王は軽い眩暈を覚えた。ヲタクそのものである近藤は、興味のない話には無関心であるが、興味のある話となれば途端、饒舌になる。

「長官なら、どんな鬼畜ゲーの主人公より暗黒の世界を作り出せると思います！　最後は神様と戦争でもして、ズタボロにした女神を裸に剥いて、オークやゴブリンの苗床にしたり、全世界の処女を奪ってガハハと高笑いしたり、他にも」

「――――落ち着け、近藤」

「ひっ！」

魔王の深みのある声が、近藤の体を貫く。

それだけで近藤の足腰が砕け、へなへなと座り込む。二次元の話になるとコミュ症が改善されるのか、悲惨なほどの饒舌っぷりであった。

「ご、ごめんなさい………いつも読んでたラノベにそんな話があったんです。大抵はトラックに轢かれて転生したりするんですが、長官ならトラックの方を大破させた挙句、運転手の体を八つ裂きにして、その頭蓋骨を杯にしそうですもんね」

「お前の目から見た私は、一体どうなっているんだ………」

「最近だと通り魔に刺されて、とかもありますけど、長官なら犯人を返り討ちにするどころか、その街ごと爆撃して地図上から消し去りそうですし、女神に召喚されるパターンなら、出会って3秒で合体しそうな気がします。それも、確実に孕む精液を女神の子宮へと流し込――」

「――――落ち着け、近藤」

「ひぃぃ！　ごめんなさいっ！　その怖い顔で怒らないで下さいっ！」

繰り返される会話に、魔王は頭痛を抑えるように顔を覆う。

怖がられているどころか、地獄の悪鬼のように思われているらしい。事実、近藤の目から見た魔王は〝歩く地獄〟そのものであった。

「良いか、ここは我々のいた世界とは違う。当然、我々の態度や行動も変化する」

「は、はぃ…………」

「生きる世界が違えば、人も自ずと変わる。これは判るな？」

「わ、わか……ると、思います」

その返事に頷きながら、魔王はへたりこんだ近藤に手を差し伸べる。このまま近藤の与太話に付き合っていたら、日が暮れそうであった。

どうにか引き起こしはしたものの、近藤は上目遣いでじっと魔王の顔を見る。

「どうした？」

「い、いえ…………何だか、本当に雰囲気が変わった気が、して…………その、怖いのは変わりありませんけど…………」

「ふむ――――」

魔王としても、自分が生み出した側近にいつまでも怯えられているのも寂しいものがある。ましして、田原や悠のように自立した大人ならまだしも、近藤はまだ16歳であり、子供と言えるような年齢であった。

「この世界では、我々のバックボーンでもあり、力の源泉でもあった大帝国が存在しない。言うなれば、今の我々は寄る辺のない小船のようなものだ」

「小船、ですか………？」

その言葉は、近藤に少なからぬ衝撃を与えた。国民幸福管理委員会のメンバーたちは文字通り、世界を圧する存在であったのだから。

それを率いた大帝国の魔王の口から、小船などという言葉が出るのは驚きであった。

現状をありのままに伝え、魔王は地平へと目をやりながら煙草に火を点ける。

「そうだ。我々の結束だけが、今後を切り開く力となるであろう。故に、お前も無駄に怯えず、私を信用し、頼るように。私も同じく、お前の力を頼るだろう」

「ちょ、長官が、僕を………ですか⁉」

「うむ」

魔王が深みのある笑みを浮かべ、僅かに時間差を置いて――――近藤も嬉しそうに頷く。

その瞬間、近藤の体が激しく揺れた。

「はわわ……！　今、またビリっと何か走りましゅた！」

「…………何を言っている？」

「ほ、本当なんですっ！　何かビリって！　ぁ、また！」

自らを生み出した、全知全能の創造主からの信頼、それを感じ、近藤の全身を歓喜が貫いたのであろう。まるで電撃としか思えない感覚に、近藤の体が飛び上がる。

これだけを聞けば何か良い話のようでもあるが、その姿は仕込まれたバイブやローターなどをリモコンで操作されたエロゲーのヒロインのようであった。

「ともあれ、今日はこの村を案内しつつ、関係者へと引き合わせよう。今後の仕事に関しては、田原から指示を聞くように」

「は、はひ…………」

「この村には、温泉旅館を建てていてな。何なら、夜にでも共に浸かろうではないか」

「あわわっ！　またビリって！」

「――――落ち着け、近藤」

「ひぃぃ！」

奇妙な無限ループを繰り返しながら、この日、新たな側近が召喚された。生み出された8人の側近の内、これで4人目である。

魔王陣営の戦力は、これでようやく、半分が揃ったと言えるであろう。

（権限を解放するには、莫大な金と、版図内での活動数…………つまり、村人などの定住者だけでなく、労働者や商売人の数も必要だ。そして――――ＳＰ）

何もかもが足りないものだらけであり、これらを得ようと思えば、貪欲に前へ前へと突き進むしかないであろう。

望む、望まないにかかわらず、既に戦いは始まってしまったのだから。

近藤　友哉

Yuya Kondou

【種族】人間　【年齢】16歳

武器 **月穿ち**

近藤の愛用する美しい弓。
スキルと合わせて使用した場合、ありえない大連射を生み出す。
矢無限。

防具 **私服**

部屋に引き篭もっている為、防具らしい物を身に付けていない。
彼の防具とはそのスキル群であり、防具など不要であった。
耐久力無限。

所持品 **二次元世界**

古今東西のアニメや漫画、ラノベやゲームなどを所持している。
かつての会場では無意味だったが、この世界では有効活用出来るだろう。

【レベル】1　【体力】3000/3000　【気力】600/600　【攻撃】40（+50）
【防御】25（+5）　【敏捷】20　【魔力】0　【魔防】0

【属性スキル】
FIRST SKILL — 急襲
SECOND SKILL — 華乱
THIRD SKILL — 五月雨打ち
【戦闘スキル】大破　破槌　強打　猛打　猛毒　麻痺　劫火　リベンジ　カウンター　保身　大乱
【生存スキル】罠解除　回復　友情　逃避　回避　鷹の眼　虎視　相続　遺書断末魔　無理心中　自爆
【特殊能力】多重眺望世界《パノラマアイ》　視界占拠《テイクオーバー》　法典の守護者　-?-

ゲーム開始

まだ明けやらぬ空の下、何台もの馬車から労働者たちが降りてくる。

彼らは近隣の街から深夜に出発し、移動中に睡眠を取りながらやってくるのだ。ラビの村にはまだ宿泊施設が少なく、これを充実させることが急務であった。

「ふぁーあ、もう着いたのか………」

「今日も稼……って、何だありゃ！」

「おい、朝っぱらからうるせ………えぇぇぇぇぇぇぇえ⁉」

馬車から降りてきた面々が、カジノを見て驚愕の声をあげる。視線の向きを変えると、そこには以前に存在しなかった〝森〟まである始末だ。

「はぁぁぁぁぁぁ⁉　何だ、ありゃ！」

「き、金色に光ってやがる………」

「この村に森なんてなかったろ………一体、何が起きたんだよ⁉」

それらの声を聞いて、村で寝泊りしていた労働者たちが笑う。

自分たちも、最初はそうだったと。

「あぁ、そうか。おめぇらはあん時、村にいなかったんだっけ？」

「馬鹿だなぁ。一生に一度見れるかどうかって〝奇跡〟を見逃すなんざ………」

心なしか、その顔は自慢気でもある。

神話に描かれるような奇跡を目の当たりにしたのだから、無理もない話であった。

「魔王様が、村に戻られたんだよ――」

「魔王、さまって……ちょ、ちょっと待てよ！　それ、異名とか、そういう話だろ⁉」

「いや、俺も聞いたぞ。何か北の方で、とんでもねぇ化物をぶっ殺したって」

「おい、あんなところに泉なんてあったか⁉」

「てめぇら、くっちゃべってねぇで、さっさと集まれ！」

様々な噂話が飛び交う中、今日も一日が始まる。

召喚された近藤も、沈んだ表情で冒険者たちに指示を出していた。彼の担当は見張りであり、腕自慢の者たちを部下としてつけられている。

「今日はこの手順で村を回ります。水や塩の持ち出しには、特に気を配って下さい……」

紙を配りながら、近藤はやる気のない声をあげたが、これでもまだマシになった方である。

当初はおどおどするばかりで、蚊の鳴くような声を出していたのだから。

（あぁー、早く部屋に帰りたい……外の風なんて体に毒だよ……）

召喚されてからというもの、近藤の日常は混乱の極みであった。

何せ、天性の引き篭もりである。他人と顔を合わせるだけでも苦痛であるというのに、それらに加えて、初対面の挨拶などをしなくてはならないのだ。

近藤からすれば、完全に拷問である。

その上、田原から命じられたのは「自警団」のリーダーであった。

引き篭もりやコミュ症を、少しでも改善させるべく行った荒治療であったが、近藤からすれば迷惑以外の何物でもない。

(何が自警団だよ…………この村の全容なんて10秒で把握したし、足を使って警備するとか、前時代的すぎてお話にならないでしょ。田原さんは効率ってものを…………)

心の中で呪詛を連ねながら、近藤はラジカセのスイッチを押す。

さっさと仕事を終わらせて部屋に帰りたくなったのだろう。近藤の気持ちとは裏腹に、軽快なメロディとほがらかな声が響き渡る。

《大帝国体操〜♪　第一〜♪　まずは両手を空に伸ば〜す♪》

当初は小さな箱から音楽や声が聞こえてきたことに、集まった面々は驚いたものである。

だが、風景と同じく、人間は慣れるのも早い。今では何らかの魔道具であると誰も気にも留めなくなった。

(はぁ〜、この声がお気にの声優なら、もっとやる気が出るのになぁ…………)

心底、面倒臭そうな顔をしながら近藤は両手を伸ばす。

職場ではままある、朝のラジオ体操である。だらしない生活を改めさせようとしているのか、田原が強く指示したものであった。

近藤の動きを真似ながら、冒険者たちも体を伸ばす。

意外なことに、このラジオ体操は評判が良い。

全身を丁寧に動かし、筋肉を伸ばしては細部にまで血液を送り込む。一度の怪我が、死に直結する彼らにとっては、有意義な運動に思えたのだろう。

今では職人たちも率先して体操を行っているほどだ。やがてラジオ体操が終わり、自警団の面々が指示に合わせて動き出す。

「あんたがリーダーねぇ…………随分と可愛らしい顔をしてるじゃないか」

新顔と思わしき女戦士が、舌なめずりしながら近藤へと歩み寄る。

かなり、派手な露出をしている戦士だ。

冒険者は腕だけではなく、格好や異名、立ち振る舞いに至るまで、とにかく目立ってナンボの商売であり、彼女は自らのプロポーションを堂々と武器にしていた。

だが、近藤の反応は芳しくない。

「す、すみませんけど…………三次の女性はあまり近寄らないでくれますか」

「三時？　時間なんて良いからさ、後でこっそり遊ばないかい？」

「ぼ、僕は海軍コレクションの雷《かみなり》ちゃんとケッコンカッコガチをしてますから。雷ちゃんに、浮気を疑われたりしたら、どうしてくれるんですか」

「雷と結婚だぁ⁇　あんた、朝からトランスでも決めてんのかい？」

「三次は惨事…………本当に面倒臭いな…………」

近藤は吐き捨てるように呟き、女戦士も呆れた顔つきで去っていく。

話にならない、と判断したのだろう。

近藤も近藤で毒でも払うように舌を出し、携帯ゲーム機を取り出す。

《近藤きゅん、今日もお疲れ様！　でも、も～っと私を頼っていいのよ？》

「あ、ありがとう………雷ちゃん。で、でも、僕も男として頑張らなきゃ」

《偉いわ！　でも、疲れたらいつでも私に言うのよ！》

「うん……！　えへへ………」

近藤がゲーム機と楽しそうに会話している姿を見て、遠くから見守っていた田原は思わず顔を覆う。荒治療どころか、余計に引き篭もりが加速しそうであった。

「おい、近藤。たまにはピコピコじゃなくて、生身の人間にも興味を向けたらどうだぁ？」

「ピコピコっていつの時代ですか………第一、僕は他にもケッコンカッコカリをしてる大勢の子たちがいますから」

「カリだかガチだか知らねぇがよ。ここは大帝国が存在しない世界なんだぞ？　外の世界とか、生身の人間にも少しは目を向けやがれってんだ」

「な、なら、田原さんこそ、妹さん以外の女性にも目を向けて下さいよ………」

「馬鹿野郎！　大天使の真奈美以外の女にどうやったら興味なんざ持てるってんだよ！　おめぇはアホか？　頭がマヌケかぁ？」

「だ、大天使を名乗って良いのは、海コレの時雨《ときあめ》ちゃんだけですから…………ッ！」

「………あぁ⁉　今、なんつった⁉」

２人の不毛な争いを見て、通りがかった魔王も溜息を吐く。

丁度、アクと一緒に《癒しの森》へと赴き、《秘密基地》を設置しなおした帰りだったのだ。

木を隠すには森、という言葉を実戦した形である。アクも、２人の争いにどう反応するべきか迷っているようであった。

「ま、魔王様の部下の方は、その、個性的な方が、多いですよね…………」

「あれでも能力は優秀なんだぞ？　中身にはまぁ、思うところもあるが…………」

旅館の執務室へと戻りながら、魔王はしみじみと思う。

何故、２人にあそこまで極端な設定をしてしまったのか、と。今更ながら後悔しているような姿であったが、もう遅い。

（はぁ、当時は個性を際立たせようとしたけど、際立ちすぎだろ…………！）

魔王は執務室へ戻ると、疲れた表情でオーナー用の椅子へと背中を預ける。アクも、定位置と言わんばかりに魔王の膝へと腰掛けた。

「そう言えば、最近は魔王様のことを、堕天使様だって言う人が増えていますよ」

「堕天使、ねぇ…………」

アクが嬉しそうに言うものの、魔王の顔は晴れない。

その噂がプラスになるのか、マイナスに働くのか、未だに良く判らなかったからだ。この男は宗教に疎く、西洋の神話などを学んだこともないし、興味もない。

ルシファーと呼ばれる存在が何であるのか、本質的には何も知らないのだ。

（この国としては、堕天使であろうと、天使は天使だと言うことなんだろうが…………）

聖光国の〝大基本〟は天使への信仰であり、それらの存在は時に法や、常識などを遥かに超越した高所へと置かれている。

本来であれば、堕天使という存在に対し、もっと恐怖や、嫌悪感を持たれてもおかしくない話であったが、人々の反応は予想外なほどに、甘い。

(嫌悪どころか、何か〝期待〟すらされてないか…………?)

これまで、どれだけ天使を称え、信奉しようとも、生活が一向に良くならなかったことが起因しているのかも知れない。貴族のみの繁栄が続いたからこそ、魔王と呼ばれる存在への支持や、期待などに繋がりつつあるのであろう。

(ユーザーの民意を汲み取ってこそ一流。不満を抱かれる前に対処するのが超一流、か)

またしても、かつて青木専務に言われた言葉が蘇る。うっとおしいと思いながらも、彼の吐く言葉は全て、経験に裏打ちされたものばかりであった。

この男も、クリエイターとして第一線で戦い続けてきた存在である。世論や民意というものに対しては、決して鈍感ではない。

「きっと、座天使様がこの国を良くしようと思って、魔王様を呼ばれたんだと思いますっ」

「…………あれが、そんな殊勝な存在とは思えんがな」

良くするどころか、座天使は世の混沌を望み、世界の破滅を願う存在であった。もしも、本物の〝九内伯斗〟が召喚されていれば、その願いは叶ったであろう。

(そもそも、あの座天使ってのが、邪神じみてたじゃないか…………)

いっそ、魔王は開き直った気持ちで思う――自分を呼んだ存在が既に真っ黒だったのだから、呼ばれるこっちも黒くて当然だと。

（この際、使えるものは何でも使ってやる…………）

利用できるものは何でも利用し、少しでも早く権限の回復に利するように動いた方が、余程有益だと魔王は考える。

「ともあれ、資金や労働力の目処はついたな…………後は、やはり迷宮か」

「…………また、北へ行かれるのですか？」

「そうだな。ＳＰは幾らあっても足りないし、より強い魔道具も必要だ」

「なら、僕も連れて行って下さい」

「――――ダメだ」

魔王が即座に却下する。アクには甘いこの男であっても、流石に危険な迷宮へ物見遊山がてら出掛ける気は毛頭なかった。

「ここにいれば安全だ。田原に悠、それに近藤まで揃っていれば、魔物だろうが、悪魔だろうが、何が来ても対処できる」

「それでも、寂しいんです…………」

「む……」

魔王は改めて思う――この子にとって、自分はどんな存在なのだろうと。

同時に、自分にとっても、この子はどんな存在であるのかと。

（年齢的には父娘のような感じだろうが、俺はこの子の父親じゃない。でも………）

どういう訳か、存在そのものが保護対象なのである。恐ろしく強い、使命とすら感じるほどに「守らなければ」という想いが胸の中に渦巻いているのだ。

出会った当初とは違い、その想いは日増しに濃くなっている。

「まぁ、気持ちは判るが………大切に思っているからこそ、危険な場所へと連れて行くことはできない」

魔王は言葉を選びながら、そう口にする。

ダメだと言うばかりではなく、ちゃんと理由も添えれば納得するであろうと。

「大切………ですか？」

俯いていたアクが、その一言に顔を上げる。

その真剣な眼差しを見て、魔王の背中に嫌な予感が走ったが、もう遅い。

「魔王様は、僕のことを大切に想ってくれていますか？」

「う、うむ………」

「僕も、魔王様のことが好きですよっ。大好きです！」

「そ、そうか………ははっ………」

魔王がつい、辺りを見回す。

誰かに見られていたら、大変な誤解を生みそうであった。ここが現代の日本であれば、色んな条例に引っかかって臭い飯でも食わされそうである。

「ま、まぁ、そういう訳だ…………迷宮には連れていけんが、いずれは村に色々と建てて遊べるようにしてやるさ」

「何もなくても――――僕は良いんですよ？」

そう言いながら、アクが魔王の体に巻き付く。今日は白いドレスを着ていることもあってか、小さな白猫でも抱えているような姿であった。

魔王も諦めたのか、その頭を撫でながら優しく告げる。

「次に、北から戻った時には…………部下が増えているだろう」

「今度は、どんな方が来るのですか？」

「ふむ――――」

魔王の頭に浮かぶのは、１人の少女。それも、自身が生み出した側近の中でも、掛け値なしに最高と評するに値する少女だ。

見た目や口調こそ氷を思わせるようなクールさがあるが、その内面はとても優しく、人々へと向ける視線も慈愛に満ちている。

「そう、だな…………優しい、という点ではアクに似ているかも知れん」

「僕に、ですか⁇」

（それに、あの子には恐らく――――魔法が通じない）

施した幾つかの設定がそのまま反映されるのであれば、かつての会場と同じく、最高のボディガードになってくれそうであった。

魔王がそんなことを考えていると、田原から《通信》が入る。

《長官殿、お待ちかねの客人だ。東の村の領主が会いたいってよ》

《ほぅ、何用かな?》

《うはは っ! あんだけ派手におっ建てりゃ、重い腰も動くだろうさ》

《なるほど。では、精々歓迎させて貰おうか》

魔王が思わせぶりに通信を締めたが、そこに深い思惑などはない。

いきなりカジノなどを設置したため、苦情でも言いにきたのか、と思っただけである。

(IR推進法も国会で随分と揉めてたもんなぁ…………誘致先の地元からも、治安の悪化やらで反対の声も多かったみたいだし)

「魔王様? 何かあったのですか?」

「どうやら、面倒なクレーム処理らしい」

「お仕事ですねっ。それじゃ、僕もニンジンの収穫をお手伝いしてきます!」

「あぁ、程々にな」

東の村の領主、ワダン・クイネェはラクダの上で不服そうな表情を浮かべていた。

館で優雅に美術品を愛でていたというのに、愚民どもが騒ぎ出し、とうとう隣村まで赴くことになってしまったのだ。

(平民どもが、私の時間を無駄にしよって。まぁよい、これを口実に税を引き上げよう)

ワダンは擦り切れるほどに見た美術品の目録を見ながら、その思いを強くする。貴族にとって、名のある美術品や芸術品を抱えることは何よりも優先されることであった。

それが名誉となり、人を呼び、富も呼び、家が栄えることにも繋がる。

どれだけ領地が貧しくとも、世に謳われるような美術品を1つでも秘蔵している、ともなれば自動的に〝格〟が上がるのだ。

（クリムゾン卿の品とまでは言わずとも、せめて良き品を1つでも…………！）

目録を睨み付けるワダンであったが、思考に耽っていられたのは、そこまでであった。砂嵐が去ったあと、巨大な神殿と思わしきものが目に飛び込んできたのだ。

（蜃気楼、か…………？　いや、何か光っておる！）

慌ててラクダを進めるワダンであったが、そこには信じ難い光景が広がっていた。

以前から隣村に関する様々な噂は聞いていたものの、彼自身は芸術にのめり込んでおり、殆ど自身の館から出ることがなかったのだ。

領民があまりに騒ぐので、嫌々ながら館を出て視察に赴いたのだが、目の前に広がる光景は予想とは違い、完全に異次元のものであった。

彼の認識にあるラビの村とは朽ちた寒村である。聖女の領地とはいえ、あくまでも名ばかりの領主であることは貴族の間では常識であった。

「何だ、これは…………何が起きている!?　私は夢でも見ておるのか…………」

村の中を行き交う人の群れ、群れ、群れ。

誰もが忙しそうに働いており、この村だけ別世界のようになっていたのだ。道を見れば高価な石畳が惜しげもなく敷かれており、数え切れないほどの店や露店が立ち並んでいる。それどころか、今も建築中の建物がそこかしこに点在していた。

何より不可解なのは、村の中央に〝巨大な泉〟が湧いていることであった。この乾いた大地に泉が突然湧くなど、ありうることではない。

だが、現実には目の前に泉があり、大勢の人間が並んでは係りの者から水を受け取り、小さな水筒などに水を満たしていた。

「大体、あのような森は何処から出てきた！　奥にある巨大な〝神殿〟はなんだ！」

もはや、堪えることができなくなったのか、ワダンが叫ぶ。

夢でも見ているのではないか、そう思いたかったのだろう。だが、これが現実であることを知らせるように、フラリと田原が現れた。

およそ、無駄というものがない肉体に、異質ともいえる風貌。

それに加え、強者であることを隠そうともしない、傲慢な気配を漂わせている。

「随分と遅かったんだナ？　まぁ、一応は案内するが、うちの長官殿は気が短くってよ。無能な連中には酷く手厳しいんだわ。判断が遅い――――ニブチン野郎にもナ」

「なっ…………！」

田原の放言に、ワダンは怒りのあまり、ラクダから落ちそうになった。貴族に対し、いきなり罵詈雑言を並べる男など、田原くらいのものであろう。

「そうそう、俺はここの工事を任されてる田原ってんだ。短い間だが、ヨロシクな?」

「…………っ」

田原の言い様に対し、ワダンは唇を噛み締める。貴族である自分に対し、こんな無礼な態度を取ってくる男をはじめて見たのだ。

(こんの、平民風情が…………ッ! 私を誰だと思っているのか!)

だが、相手を叱り付ける言葉が、どうしても出てこない。

それどころか、目の前の男から感じる強烈な圧迫感は増すばかりであり、対面しているだけで息をすることすら辛くなってくる。

「ま、最初は俺が取り成してやるが…………あんま期待はすんなよ?」

「…………ぐっ…………」

ワダンはその態度に苛立ちを感じたが、賢明にもラクダから降りることを選択した。

相手の高圧的な態度と口調は、完全に目下の者に対するそれであったからだ。この村の状況や、得体の知れない田原の態度を見て、貴族としての保身が働いたのであろう。

「―――いい態度だ。少しはオマケしてやるか」

「ワ、ワダン・クイネェと申します……ど、どうか、取次ぎをお願い、した、い…………」

こうなると、もう田原の術中である。ワダンは屈辱に震えながらも、同時に、目の前の男に縋りたくもなるような、相反する不気味な気持ちを抱いてしまう。悪人とは得てして恐ろしいが、それが味方につけば、不思議と頼りがいを感じさせる生き物なのだ。

田原は呼吸でもするように、一瞬でそのポジションに己を置き、立場の違いを明確にする。

一方のワダンも、これまで流れてきた噂を必死に整理していた。

（平民どもがうるさく騒いでいたのは、こやつらが原因だったのか…………！）

この空前ともいえる賑わいを見て、ワダンはそれを確信したが、それ以上に、この騒ぎを作り出した目の前の男と、その上役らしき存在に恐怖を感じた。

風貌からして間違いなく――この国の人間ではない、と。

（確か、魔王などと名乗っている馬鹿げた男…………であったな）

聞いた時には、一笑に付した噂である。

少し前には、〝悪魔王〟などという伝承の怪物が蘇ったとの噂もあったが、それも何時の間にか煙のように消えていたのだから。

同じ類の、取るに足らない馬鹿げた噂である。そう思っていたのだ。

まだ、この時までは――

（何だ、この奇妙な建造物は…………異風ではあるが、美しい…………！）

だが、そんな気持ちは温泉旅館を見た時、木っ端微塵に吹き飛んだ。中に入ってはみたものの、足元がフラつき、真っ直ぐ歩くことが難しい。

（ま、まるで、〝別の世界〟にでも迷い込んでしまったようではないか…………！）

田原が何か言っていたが、ワダンの耳には届いていなかったであろう。彼からすれば、ここはまるで〝宝の山〟なのである。

「た、田原殿、ここは一体…………！　並べられた名画に、先程の壷なども」

芸術を愛するワダンからすれば、襖や壷、展示されている掛け軸など、そのどれもが目を奪う逸品であった。何処からか聞こえてくる琴の音が、一層にそれを引き立てている。

浮かれるワダンに対し、田原は冷水をぶっかけるように言う。

「お前さん、無駄口叩いてっと、長官殿に頭をカチ割られんぞ？　大理石の灰皿でパッカーン、となｏ俺ぁ、そのパターンでお陀仏した馬鹿を何人も見てきた」

(じょ、冗談ではない…………！　何なのだ、その野蛮な男は！)

振り返った田原の顔は、真顔である。ワダンは相手が本気で〝それ〟を言っていることを察し、腹の底から震えが込み上げてきた。

やがて、重厚感のある扉の前で田原が立ち止まる。

「長官殿、連れてきたぜ」

(た、頼む……まともな男であってくれ…………天使様、どうかお救いを…………ッ！)

ワダンの心境は、もう処刑前の罪人のようである。部屋の中に入ると、奥の椅子に座る人物の後ろ姿が見えた。

男であるのに、漆黒の長い髪をした人物である。その椅子が回転し――――こちらを向いた時、ワダンは思わず絶叫を上げそうになった。

(ぬわぁぁぁぁ！　ない！　これはないッッ！　魔王！　どう見ても、魔王ッ！　天使様、どうして私にこのような試練を…………！)

その鋭い眼光と、凄まじい威圧感の前にワダンの腰が脆くも砕ける。

そして、胸をよぎる強烈な後悔――――

何故、もっと早く〝臣従〟を申し出なかったのかと。田原の言う「遅かったナ」という言葉の意味が、痛いほどに理解できてしまったのだ。

「お初にお目にかかる――――おや、随分と具合が悪そうですな？」

「い、いぇ…………！」

「この暑い中、遠路よりご足労頂けるとは痛み入る」

相手の丁重な口調と、その裏に潜む冷笑を見て、ワダンの全身から汗が吹き出す。

こちらの焦りを見て、嬲《なぶ》るつもりであると。

「確か、ワンタン・クイネェ氏でしたな？　威勢の良い名だ」

「…………ワ、ワダンです」

ワダンは相手の言い間違いをそれとなく指摘したものの、蚊の鳴くような声であり、魔王に届くことはなかった。そのやり取りに田原は１人、大口を開けて肩を震わせる。

声にこそ出していないが、必死に笑いを堪えているようであった。

魔王が立ち上がり、中央のソファーへと歩み寄っていく。その姿を見て、ワダンは思わず叫びそうになった。どうか、そのまま奥にいてくれと。

ワダンは懸命に天使へと祈りを捧げたが、その切実な祈りが届くことはなく、魔王はソファーへと腰掛け、心臓を貫きかねない凄まじい視線を向けてきた。

最悪なことに、その手には大理石でできた大ぶりの灰皿が握られている。

（ぬわぁぁぁぁぁ！　ない、ないッ！　あれで私を殺そうとしているのか⁉）

魔王はエチケットのつもりであったのだろうが、ワダンからすれば、死刑宣告されたも同然の流れであった。顔面蒼白となったワダンを見て、頃合良しと見たのか、田原が間へ入る。

「長官殿、そう怖がらせちゃ、話もできねぇじゃねぇか。まっ、穏便にいこうや」

「ふむ――――」

魔王は懐から煙草を取り出し、火を点ける。

本人は「別に怖がらせたつもりなんてねぇよ！」と叫びたかっただろうが、この男を知らない者から見れば、その威圧感は尋常ではない。

何処からどう見ても、世界を裏側から牛耳る巨大なマフィアのボスであり、その前に引き立てられたワダンなど、子羊のように震えるばかりであった。

「さ、あんたも座りなよ。長官殿の時間は貴重でナ」

「は、はひッ！」

その声を聞いて、ワダンも恐る恐るソファーへと腰掛ける。

会話が始まる前から、ワダンは既に死刑宣告された罪人のような心境であり、魔王は魔王で、面倒なクレーム処理の案件と捉え、田原だけは別の思惑を抱えていた。

「初っ端からあんたにゃ、残念な話になるが……じき、領主としての地位から転げ落ちることになんだろうナ。この村を見て、あんたにも思うところがあったろ？」

「それ、は…………」

田原が開口一番、高所から一撃をかます。

有無を言わせない、決定事項を告げるような口振りであった。

「言うまでもねぇが、あんたが治める隣の村と比べて、ここはどうだ？　隣の芝生は青いなんて言葉があるが、あんたの抱える領民たちから、ここの〝芝生〟はどう見えてんだろうナ」

「んん…………」

田原の突き放した言い方に、ワダンは呻き声をあげる。実際、隣の芝生が青く茂っているからこそ、ワダンは領民たちから突き上げを食らったのだから。

「領民からの突き上げ、ぐらいで済みゃ良いけどよ…………あんたはいつも、武力でそれを鎮圧してきたみてぇだしナ。でもよ、積もった不満ってのはいつか必ず爆発する。今回に限っちゃ、畑を棄てて〝逃散〟すんのがオチだろうよ」

逃散――――畑を棄てて他領や、他国へと逃げることである。

これまでなら、他領に逃げ込んだところで、引渡しを要求さえすれば貴族同士での軋轢を避け、互いに逃散した民を引き渡すのが常であった。

だが、ここへ逃げ込まれたとしたら、と考えた時――――ワダンの背中に冷たいものが走る。

それを見て、田原がにやりと笑った。

まるで、ワダンが〝そこ〟へ辿り着くであろうことを、初めから判っていたように。

追い討ちをかけるように、田原は軽やかな口調で告げる。

「一応、言っとくが………こっちにゃ、そんな思惑はねぇぞ？　ただまぁ、ウチとしちゃ懐に飛び込んできた窮鳥《きゅうちょう》を撃つような真似はできねぇンだわ。何せ、ここは慈悲深い〝聖女様の村〟ときてる」

（こやつら………どの口が、そんなふざけたことをッ！）

ワダンは確信する――この2人は〝それ〟を待っているのだと。

領民が逃散し、自分たちの下へ逃げ込んでくるのを。それに対し、抗議や引渡しを要求すれば喜んで喰らいついてくる気なのだ。

（まさか、このように〝足下〟から崩してくるとは………！）

聖女様を前面へ掲げ、領民が逃散するほどの重税を非として鳴らしてくる気なのか、それとも芸術に没頭し、領地を顧みなかったことを責めてくる気なのか。

いずれにせよ、中央にまで聞こえる醜聞となるに違いない。ワダンのような辺境に村を構えるような田舎貴族にとって、完全に致命傷である。

（考えろ。何か、何か、この窮地から抜け出す方法を………ッ！）

ワダンは懸命に脳髄を絞るものの、頭には何一つアイデアなど浮かばない。

この空前の賑わいと発展を作り出し、聖女様を前面に立ててこられれば、とてもではないが、ワダンの側に勝ち目はなかった。

貴族とは力ある者に靡き、そして、味方をするものだ。何処の誰が、溝へ転げ落ちた田舎貴族などに手を差し伸べるであろうか。

むしろ、得点稼ぎと言わんばかりに、溝に落ちた犬は棒で叩かれるのが貴族社会である。

この世の終わり、といった表情のワダンを見て、田原はおもむろに立ち上がり、隣へと座ると、今までの態度が嘘であったように軽く肩を叩く。

「とまぁ、ここまでは建前でナ――――」

「…………へっ？」

今までの威圧感が嘘のように消え、田原が人懐っこい笑みを浮かべる。絶望に塗り潰されていたワダンの肩から、つい力が抜けるような笑みであった。

「いやー、悪ぃ悪ぃ！　あんたにも〝現状把握〟ってもんをして欲しくってよぉ。つい、口調が厳しくなっちまったが――こっからは、おぜぜの話といこうじゃねぇか」

「か、金、ですか…………？」

「こっちの調べじゃ、あんたの村の税収はざっと年に大金貨5枚。凶作だろうが、何だろうが、税率を変えねぇもんだから、その翌年にゃ、餓死者を12人出したことがあったよナ？」

「…………え、えぇ、まぁ」

ワダンの額から汗が流れる。

そんな昔のことを、どうやって調べたのかと。それに、領内から餓死者を出すなど醜聞の類であり、ひた隠しに隠していた事柄でもあった。

（この様子では去年の、もしかすると、アレまで調べられているのではないのか……!?）

脛に傷を持っていない貴族など、いない。

田原の口振りに、ワダンは徐々に疑心暗鬼の念に囚われていく。

ヤホーの街を除けば、神都から東は不毛の大地が続く辺境でもあり、ワダンのような零細貴族とも言うべき者が多い。その税収は僅かであり、名ばかりの貴族と化している者が多いが、それでも年収として一千万近くの金が入るのだから、その重税は察するに余りある。

「そこで提案だ。あんた――――聖女様に領地を〝献上〟する気はねぇか？」

「献上、ですと…………私から、全てを剥ぎ取ると⁉」

「心配すんナ。変わりにこっちからは毎年、大金貨5枚の恩給を出す。あんたは面倒な領地経営から解放されて、大好きな芸術に没頭できるようになるってこった」

「恩給…………」

それは戦死した聖堂騎士団の騎士や、戦場で傷を負い、引退を余儀なくされた軍人などに贈られる名誉金とも言うべきものである。

無論、ワダンには何の名誉も功績もなく、そんなものを受け取る資格はなかったが、聖女様へ領地を丸々献上するともなれば、話は変わる。

「念のために言っとくが、一代限りのモンじゃねぇぞ？　この権利は永代のものとして引き継がせてやる。聖女ルナ様の署名付きで、公式に文書を発行してやるさ」

「ルナ、様の…………」

ワダンはそれを聞いて、僅かに顔を顰める。ホワイトであればまだしも、ルナからの公式文書では信用が置けないと思ったのだろう。

田原もそこは判っているのか、すぐさまジョーカーの札を切る。

「不安なら、そこにマダムの署名も添えてやる」

「マダム、ですと⁉」

ワダンのような田舎貴族からすれば、まさに雲上人である。

遠目に見るのが精一杯であり、一生涯をかけても、影すら踏めない存在であった。

「そこに並んでる品も、マダムからの贈り物でね。俺たちの関係がどういうものか、あんたにも判るよナ？」

「なん、と…………これは、クロス卿の絵画に、あちらはエーマの壷⁉」

何処となく、雑に並べられた美術品を見て、ワダンが悲鳴のような声をあげる。緊張のあまり、部屋の中を見回すような余裕すらなかったのだ。

2人の会話を聞きながら、魔王も静かに煙を吐き出す。

頭に過《よぎ》るのは「完全にヤクザの手法だな」という思いであった。最初に拳銃をチラつかせ。散々に脅しておいてから、最後に飴を出して転がす流れである。

評判を良くするどころか、もはや〝地上げ屋〟そのものであった。

(最初は面倒なクレームだと考えていたが、思わぬチャンスが転がってきたな。乗るしかない、このビッグウェーブに！)

魔王の意思と連動するように、田原も一気呵成に話を進めていく。

最初は優しく、最後は、〝敵〟を見る目で。

「そりゃぁよ、あんたが負けじと踏ん張って頑張るってんなら止めやしねぇさ。但し、そん時ぁこっちも――――容赦しねぇぞ？」

田原の瞳が一瞬、青く光り、ワダンの全身を飲み込んでいく。そこはもう、相手に思考させる暇も与えない、田原の術中世界であった。

「どっちを選んだ方が得か、ガキでも判るよナ？　Aを選べば、甘い水が飲める。Bを選べば、無収入で放り出さ」

「え、ぇぇぇぇぇぇぇぇえAの方が良き選択ですな！　はいっっっ！」

ワダンが食い気味に田原の言葉を遮る。

最後まで言わせれば、そのままBを選んだことにされそうな気がしたのだ。

事実、田原はそのつもりであった。

「…………そうかぃ？　じゃ、話を纏めようや」

田原がにっこりと笑みを浮かべ、ワダンの肩を叩く。その後、2人の会話はスムーズに進み、聖女様への献上という名の、〝地上げ〟が完了した。

白煙を燻らせながら、魔王はホッと胸を撫で下ろす。

（こいつに任せておけば、俺の出る幕なんてないな…………楽チン♪　楽チン♪）

魔王は一連の交渉を眺めているだけであったが、アイテムファイルからガラクタを取り出し、ワダンへと手渡す。本来なら、クレームをつけにきたであろう相手に、お詫びの品として渡し、それで誤魔化そうとしていたものだ。

「折角のご来訪、手ぶらで帰らせる訳にはいきませんからな」

「………こ、ごればぁぁぁッッ！」

魔王が何気なく渡した品は、茜がベルフェゴールの城で拾った物であった。

変な木彫り、と早々にガラクタ扱いして放り込んでいた物である。

「まさか、ほんも……いや、そんな筈がない！　きっと、模造……いや、やっぱり、どう見ても本物としか思えんッ！」

「…………流石、お目が高い」

ワダンの乱れっぷりに、魔王は若干引いていたが、訳知り顔で頷く。

かつて一国の大臣を務めながら、優れた芸術品を数多く遺したクリムゾン卿と呼ばれる人物が手がけた真紅の小鳥を象った品である。

彼の残した品は、殆どがベルフェゴールの宝物庫に収集されていたこともあってか、その価値は天井知らずであった。

好事家たちは〝幻の遺物〟と呼び、ワダンも喉から手が出るほどに欲していた品である。

ワダンは姿勢を改め、木彫りを掲げながら大袈裟な姿で地へ伏せた。その両頬には、嘘ではない涙が流れている。もはや、言葉もロクに出ない有様であった。

「あり、ありがたき………し、しあわ」

「なに、貴方の〝信仰心〟に、感銘を受けましたのでな――――ルナだけではなく、聖城にいるホワイトも、貴方の清冽な信仰に祝福を授けることでしょう」

魔王はそれらしいことを言いながら笑みを浮かべ、ワダンはその言葉によって救いを得た。

金でも武力でもなく、これは紛れもなく、熱き信仰で行った〝献上〟なのだと。実際はそんな訳ないのだが、人間とは常に大義名分を求める生き物である。

ワダンは与えられた〝偽りの正義〟に、自ら進んで酔うことにした。


「いやぁ～、終わった終わった」

その後、ワダンを見送った田原が戻り、どかりとソファーに座る。

その顔には、満足気な笑みが浮かんでいた。

「長官殿がアフターケアまでしてくれるもんだから助かったわ。やっこさん、随分と〝あの品〟にご執心だったようだナ？　ずっと泣いてっから、流石にドン引きしたわ」

「たまたま入手したんでな。気に入って貰えたのなら、何よりだ」

「ったく、な～にがたまたまだよ。どうせ、最初から判ってて用意してたんだろ？」

（いや、要らねぇから渡しただけだよ！）

田原は呆れたように頭を掻き、懐から地図を取り出す。新たに増えた領地に印を付け、何かを考え込む表情となった。

「長官殿は、増えた〝こっち〟をどうしようと考えてんだ？」

「…………東の村か。一部を取り壊し可能な簡易宿として、あとは畑を拡大すればいい」

「やっぱりか――」

打てば響くように田原が返す。魔王としては村の改造を始めた際、色々と不便をかけたお詫びのつもりである。

立地的にも、東側ならそのまま農地を繋げることが可能であり、便利でもあった。

「俺ぁ、〝国外〟から戻ったバニーたちをどう迎えるか、ずっと考えてたんだけどよ。一度、故郷を捨てた連中が、今は賑わってるから戻ってくるっつーのは、戻る側も、迎える側も、気持ち的に色々と難しい部分があるんじゃねぇかってナ」

「………ふむ」

「でもよぉ、豊かな農地が広がって、作業をすんのにとても手が足りねぇ、ってことになりゃ、話はまた変わると思うんだわ。〝頼むから力を貸してくれ〟って話なら、散った連中も戻りやすくなんじゃゃねぇか？」

「なるほど、見事な案ではないか」

「よしてくれ。こっちゃ、あんたの引いたラインを追うだけで、四苦八苦してんだ」

（その台詞は俺が言いたいわッ！）

魔王は思わず叫びそうになったが、同時に田原という男に感心してしまう。

頭の切れる男というのは、どこか冷たい印象や、嫌味を感じてしまいがちだが、田原は人間の心や気持ちを蔑ろにしないため、温かみがあるのだ。

（嬉しいもんだな………）

その点に関しては、魔王は素直にそう思う。

遥か昔に作ったキャラクターが、色々ありながらもこうして自分を補佐してくれているのだ。彼らに命を吹き込んだクリエイターとして、これに勝る喜びはないであろう。

「んじゃ、大々的にバニーの呼び戻しに入るとするわ。カジノを動かすなら、それこそバニーが何百人いても足りねぇだろうからナ」

「接収した東の領民は、どうする？」

「連中には盛大に銭を撒きながら、簡易宿の建設をやって貰おうと思ってる。長官殿の支配圏に入れば、黄金が降ってくるってナ？」

魔王の支配圏へと入る――――それそのものが、黄金を呼ぶような空気を作ろうとしているのであろう。田原はこういった、〝流れ〟を作ることに長けている。

「東にも、建築ラッシュが始まる訳か――――」

「まっ、最初の一つが転べば、後は雪達磨式に〝献上〟が増えていくわナ」

田原が赤鉛筆を手に取り、地図の東側を大きく赤丸で囲う。それが示すものは――――聖光国のざっと3分の1にもなる国土。

まさに、〝国獲り〟であった。

「で、問題のこっちなんだが………どうやら、やっこさんはやる気らしいナ。大慌てで戦支度を始めてるってよ」

聖光国の西方を指し、田原が笑う。

ドナ率いる貴族派の豊かな領地であり、水の魔石を産する豊富な鉱山地帯である。

「長官殿の仕掛けたオルゴールから始まって、コソ泥の侵入、武断派と社交派の握手。連中も遂に公然と噛み付いてきたって訳だ」

「確か、ドナ・ドナと言う男だったか。いつ出荷されてもおかしくない名だ」

「だっはっはっ！　さっきのワンタンといい、勘弁してくれよ、長官殿！」

田原は大笑いしながら、西方の地域もぐるりと赤で囲う。

それが意味するものなど、もはや問うまでもなかった。

（いよいよ、ことが始まる…………）

だが、魔王もその計画に反対する理由はない。

国内の状況を知れば知るほど、田原に面倒を見させた方が、遥かに良い環境にしてくれるだろうと確信しているからだ。

そして、現れた敵を粉砕するためにも、自領の拡大は避けて通れない。


――GAME　OVER――

魔王の頭に、あの不気味な文字が蘇る。

あの日を思い出す度に、どういう訳か体の奥底が疼くのだ。

それは怒りであるのか、反発心であるのか、反骨心であったのか。いずれにしても、あのメッセージを送ってきた相手を、心の底からブン殴りたいという激しい感情であった。

（さて…………お前の望む〝ゲーム〟とやらを始めようじゃないか）

黄金の村

この日、魔王は田原を連れて村を視察していた。

歩いているだけで騒ぎになるため、互いに隠密姿勢で姿を消している。

《おっ、今日もあの嬢ちゃんが張り切ってるナ》

《ふむ》

田原の視線の先にあるのは、野戦病院。

今日も治療を求める人間でごった返していたが、それらに健気な姿でケーキが水を配ったり、老人に声などをかけている。

「お爺さん。今日は日差しが強いので、あちらのテントにどうぞ♪」

「おぉおぉ……ケーキちゃんは今日も優しいのぅ」

「こりゃ、じじぃ！　どさくさに紛れてケーキちゃんの手を握るでないわッ！」

「ケーキマッマ……マンマ………バブゥゥゥゥゥゥッ！」

「ママァァァァァァッ！」

「黙らんか、ボケじじぃども！　ケーキちゃんはワシの孫じゃぃッ！」

ケーキの可憐な笑顔と姿に騙されたのであろう。今日も老人たちが騒いでいた。中には養女や母親（?）にしたいと願い出る老人も多く、今では野戦病院の天使扱いである。

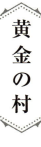

悠が女神のように民衆から敬われ、ケーキが裏表のない天使のような少女として扱われるなど、魔王からすれば笑えない話であった。
《病院に腹黒いのが揃ってるなんざ、洒落になんねぇナ。あそこがホラゲーの舞台なら、絶対に逃げらんねぇクソゲーになんだろ》
田原の言い様に、魔王もつい笑いそうになる。
ケーキは暗闇からいきなり襲ってくるキャラで、悠は何処までもプレイヤーを追いかけてくる恐ろしい女医として、見事なホラーゲームが完成しそうであった。
《まぁ、あの子なら…………悠とも巧くやっていけるだろう》
《そうだナ…………腹に一物ある方が、俺からすりゃぁ、扱いやすくって良いけどよ》
田原からすれば、ケーキやマダムのように、利用しあう関係の方が判りやすくて望ましい。
互いの利を一致させ、それを求めていけば良いのだから。逆に、アクや聖勇者のように無私な心を持つ人間の方が余程やりにくいであろう。
相手が求めるものを出すことが、非常に困難だからである。
《長官殿は、あのお姫サンを――――いや、悪ぃ。聞くまでもねぇわナ》
（いや、そこはどうしたら良いのか教えてくれよ！）
ケーキから複雑な事情を聞いていることもあり、魔王はどうすれば良いのか、未だに判らないままにいる。ゼノビアだの、滅んだ国だのと言われても、いまいちピンと来ないのだ。
《…………お前は、どう対応するのが正しいと考えている？》

《よしてくれよ。長官殿の頭には、ぎっしりそれが詰まってんだろ》

（何も詰まってないですけど⁉　むしろ、清々しいくらいに空っぽだわ！）

魔王はどうにか答えを探るものの、田原の返事はにべもない。千手先を見据え、的確に状況を構築してきた上司に、今更あれこれ言うつもりなどないのであろう。

田原からすれば、まるで自分の知略を試されているような気分でもあり、勘弁してくれという話であった。

（ほんと、勘弁してくれよナ………幾ら俺でも、初手から世界征服を見据えて動くなんざ無理だっつーの。この人の頭ん中は、どうなってんだよ）

（お前、何で肝心な時に黙るんだよ！　お前が答えを言ってくれたら楽になるのに！）

すれ違いの思考を続けながら、２人は無言で足を進める。

次に目に飛び込んできたのは、井戸を掘る土竜の集団と、ルナであった。

「あんたねぇ、もっと早く掘れないの？　チンタラしてたら日が暮れるわよっ！」

「素人は黙ってろ！　井戸ってのはな、掘れば良いってもんじゃねぇんだ！」

「はぁ？　穴を開ければ良いんでしょ？　なら、私の魔法で――――」

「や、やめろ、馬鹿！　木枠が崩れちまうッ！」

ルナと頭領が言い争い、イーグルは少し離れた場所から、それを見ていた。

その姿は何処か儚げで、見えない壁でも感じさせるような姿である。

《あの嬢ちゃんは、いつもあぁだナ》

《いつも、とは？》

《輪に入らねぇっつーか、自分から距離を置いてるっつーか》

それを聞いて、魔王の胸に複雑なものが浮かぶ。

彼女に取り憑いていた呪いは消えたが、それで全てが終わった訳ではないのだろうと。

（自分のせいで幾度も争いが生まれ、多くの人間が死んできた、か…………）

単純には、解決しそうにない問題であった。

穴の底に落ちてしまえば、誰だって自力で這い上がるのは難しい。とは言え、魔王はこの点に関しては、あまり深刻には考えていなかった。

（あの子には、手を差し伸べてくれる友人がいるしな…………）

喧しく騒ぐルナを見て、魔王はそっとその場から立ち去る。

そのまま村を一周し、野戦病院の裏手へと回ると、ようやく2人は姿を現した。

「ん、こんなとこに何かあんのかぃ？」

「アクと約束していてな。この場に《エリア設置》でプールを用意する」

「…………へぇ、プールかぃ」

その単語に、田原は懐かしさよりも、別の驚きが走っていた。

あの少女のために、《エリア設置》まで行うのかと。アクから多少聞いてはいたものの、本当に設置するのかどうか、田原は内心、首を捻っていたのだ。

ラビの村に欲しい設備は幾らでもあるが、プールが今、必要であるのかどうか。

「さて、始めるか――――エリア設置！」

魔王が管理画面からプールを選ぶと、眩い光と共にプールが設置された。

普通に考えればありえない光景であったが、２人からすれば日常の風景である。

かつての会場ではプレイヤーを飽きさせぬよう定期的にエリアが入れ替えられ、毎週のように変化することも多々あったのだ。

「ここは当面、身内にだけ開放してやればいい」

「…………っ。そうかい」

大帝国の魔王の周囲には、８人の側近たちがいた。彼ら彼女らこそが、魔王に最も近い立場にあったと言えるだろう。

しかし、その呼称はあくまで「側近」であって、それ以上でも以下でもない。

（身内、ね…………………）

魔王の口から、そんな単語が飛び出したことに、田原は少なくない衝撃を受けてしまう。

黙り込んだ田原を見て心配になったのか、魔王は軽く告げる。

「勿論、お前も好きに使って構わんぞ。むしろ、たまに様子を見て欲しいくらいだ。ルナなどははしゃいだ挙句、足でも吊って溺死しかねんからな」

「…………ははっ、ありえそうな話で怖ぇナ」

「では、私はマダムと会う約束があるのでな。後は頼む」

それだけ言い残すと、魔王は全移動で姿を消す。

その場に残った田原の体には、ビリビリとした鈍い衝撃が走っていた。

（あんた、俺のことも身内って言ったのかよ…………）

考えていた諸々の計画が、頭から全て吹き飛ぶような一言であった。

田原は揺れ動く何かにじっと耐えるように佇んでいたが、やがて首を左右に振ると、その場をあとにした。


――ラビの村　カジノ――


現在、黄金の神殿と呼ばれている建造物。

昼夜問わず、金色に輝く壁といい、ネオンが煌く様といい、確かに黄金であり、極色の神殿でもある。実際にこの施設が動き出せば、巨額の金が動くであろう。

そんなカジノの13階では、近藤が珍しく能動的に動いていた。

部屋の中にはディスプレイがぎっしりと並んでおり、村の風景が映し出されている。各所に設置した防犯カメラからの映像であろう。

外に出ることを嫌った近藤が用意したものである。

他にも据え置き型のゲーム機や、漫画やラノベが詰まった本棚、膨大な数のフィギュアが飾られたコレクションケースなどがそこかしこに並べられていた。

まさに、自宅警備員の名に恥じぬ部屋である。

「部屋にも響《きょう》ちゃんのポスターを貼っておかないとね！」

《…………スパシーバ》

近藤の周囲に半透明のディスプレイが浮かび上がり、そこに映る美少女が声をあげた。

非常に近代的な風景であったが、中身はギャルゲーである。

「こっちのデスクには、時雨《ときあめ》ちゃんのフィギュアを置いてっと…………♡」

《近藤提督、僕に興味があるの？》

途端、もう1つのディスプレイが浮かび上がり、そこに映し出された美少女がじーっと近藤の顔を覗き込む。

「そ、それは！　あ、あるけど…………い、いやらしい意味じゃないよ！」

近藤が一人、幸せ空間に浸っていたが、ノック音によって現実に呼び戻された。朝から何も食べていない近藤に、キョンがご飯を持ってきたのである。

「近藤さ～ん、ご飯の時間ですピョン」

「い、要らないです…………今から遠征任務がありますし。それに、早く性杯戦争も進めないといけませんから」

「もうっ。じゃあ、部屋の前に置いておきます…………ピョン」

ウサ耳を揺らしながら、キョンが部屋の前から立ち去る。まるで引き篭もりの息子を持った母親のような姿であったが、年齢は同じ年であった。

片や畑を耕しながら様々な仕事をこなす16歳と、片や部屋から出て来ない16歳。歳は同じであっても、その差はあまりにも大きい。

一連のやり取りを遠くから見ていたモモは、無表情で部屋の扉を眺める。

「あの男、まだ出てこないの？」

「うん………部屋から動く気ないみたいだよ」

「黒い人は、変な人ばかり呼ぶ」

「き、きっと、あの人も特別な力を持った人なんだよ………」

キョンがフォローするものの、モモの関心は別のところにあった。

魔王が次々に生み出す摩訶不思議な建物を多く見てきたが、この眩い光に満ちた黄金の神殿はその極みであった。どう考えても、理解の及ぶような代物ではない。

「あの黒い人は、本当に堕天使様なのかも知れない」

「………そうだね」

「こんな建物は、誰にも作れない」

神話に謳われし、稀代の反逆者。それは恐らく、この国で信仰されてきた三天使すら超える超高次元存在であろうと2人は考える。

だが、それが悪の化身のような存在であっても、2人からすれば〝福の神〟であることには変わりはない。事実、朽ち果てた村は今や、空前の賑わいを迎えている。

間の良いことに、更に景気の良い話は続く。

「それと、黒い人から畑を拡張しろって連絡がきた」

「嘘っ！　本当に⁉」

「あの黒い人、顔は怖いけど嘘は付かない。言ったことを全部本当にしてしまう」

モモがポツリと洩らしたそれは、マダムが抱いたものと同じ感想であった。

善悪はともあれ、口から出した言葉を全て現実のものにしていくなど、それこそ、神などの領域であって、人に成しうるものではない。

「あの黒い人…………今は仮の姿で、きっと変身したりする」

「えぇぇっ！　どんな姿に？　ちゃんと人参は持ってるの？」

「絶対、持ってる」

「栄養は？　大きさは？」

2人が好き勝手に会話をしながらカジノを去り、入れ替わるようにマダムが一階のロビーへと足を踏み入れた。

彼女はここに何度か足を運んでいるのだが、その度に圧倒されてしまう。これほどまでに絢爛豪華な建物など、流石のマダムであっても見たことがない。

無理に当て嵌めるとするなら――――それこそ、神話時代の産物であろう。

「まさに、〝天上の力〟ね…………」

マダムの中で、堕天使ルシファーという存在がくっきりと浮かび上がる。

彼女がそう思うのも、無理のない話であった。何処の誰が、何もない空間にこんな煌びやかな建物を生み出すであろうか。

「えれべーたー、だったわね…………これも、どういった魔道具なのかしら」

体の大きかったマダムにとって、階段を上がるのは大変な作業である。しかし、この不思議な箱に乗れば、一瞬で高所へと運んでくれるのだ。

(神話の時代には、こんな建造物が溢れていたのかしら…………)

派手好きなマダムにとって、このカジノは全てがどストライクであった。

彼女は優れた洞察力で、この建物に与えられた〝一夜の夢〟というコンセプトを見抜き、その儚さに〝美〟を感じている。

《オーナールームより許可。14階へと移動します》

エレベーター内に機械音が響き、ゆっくりと箱が動き出す。まだ見ぬオーナールームを思い、マダムの胸に期待が膨らんでいく。

(神殿の、最上階………どんな景色なのかしら)

やがて上昇が止まると、もどかしいほどの速度で扉が開く。マダムの目に真っ先に飛び込んできたのは、一面のガラス張りであり、眼下を一望する圧巻の眺めであった。

「お久しぶりですな、マダム」

眼下を見下ろしていた魔王が振り返り、その姿にマダムは息を飲む。

この豪壮としか言いようがない部屋に、その姿はあまりにも似合いすぎていた。元々、中身を除けば、立っているだけでも〝絵〟になる男である。

それが、部屋の空気と相まって、何とも言えぬ色気を醸し出していた。

「暫く見ぬ間に、また美しくなられた――」

その声に、マダムの全身へ痺れるような歓喜が走る。体内の温度が上がり、必死に抑えようとするものの、息が乱れてしまうのだ。

「魔王様からの称賛が、私にとって一番の喜びよ」

「…………美には幾つかの〝大敵〟が存在しますが、どうやら、貴女の努力と研鑽の前に、全て逃げ出したらしい」

魔王は気取った笑みを浮かべ、マダムを高級感溢れるソファーへとエスコートする。

その姿は実に手慣れたものであり、堂々としていたが、内心では冷や汗を流していた。

（いやいや、誰だよ！　もう原型がねぇじゃねぇか！）

既にその体は大きく痩せ、骨格からして別物である。魔王は知る由もなかったが、長きに渡り、マダムの一族を覆っていた古代悪魔の呪いが既に息も絶え絶えの状況にまで追い込まれているのだ。その呪いはとてもつもなく巨大で、執念深いものであったが、大野晶の〝世界〟の前には、どうすることもできなかったのであろう。

もはや、魔王の言った台詞はお世辞でも何でもなく、単なる事実であった。

「北でのご活躍を聞いたわ…………」

「なに、邪魔な鉄屑を片付けたまでです」

魔王は内心の動揺を抑えながら軽く笑ったが、マダムからすればとんでもない話である。

皇国が召喚する擬似天使は、一体で戦場を丸ごと塗り替えてしまうような存在なのだ。とてもではないが、鉄屑などと呼べるような代物ではない。

これ以上、北での話を聞くのは野暮だと考えたのか、マダムはさらりと話題を変える。

「この間、悠ちゃんから〝化粧水〟というものを受け取ったの。あれも凄い効果で、最初は奪い合いになっちゃったのよ………本当に恥ずかしい話ね」

「ははっ、いずれは様々な化粧品も用意しましょう。美容液や乳液、日焼け止めに、クレンジング、ファンデーションに口紅、ネイル、香水。そうそう、美顔器なども良いかも知れませんな。マダムのような女性には、何処までも強く、そして美しく輝いて貰いたいものです」

魔王が口を開く度、マダムの鼓動が高まる。

この男が口にしているものが何であるのか、マダムには正確に伝わっていない。しかし、これまでの経緯から判ることもある。

それらが確実に――――〝とんでもない代物〟であると。

「そ、それは………とても楽しみね」

魔王の言葉を反芻しながら、マダムは改めて考える。この男が放ってきた言葉に虚飾はなく、どんな夢物語であっても現実となってきたのだ。

ならば、それらを手にした時、自分はより強く、美しくなれると。

マダムは歓喜の表情を浮かべ、にこやかな会談が始まった。

「そういえば、例の宿泊券。魔王様の狙い通り、妹が落札したわ」

「ほぅ――――」

魔王は「宿泊券?」と内心で首を捻ったが、どうにかして古い記憶を引っ張り出す。

マンデンをスカウトした時に、オマケのように渡したな、と。

「ふふっ、あの子ってば素直じゃないから、私が声をかけても意固地になって来なかったのよ。本当にお馬鹿な子。全て魔王様の掌の上だっていうのにね」

「………ははっ」

魔王は目を伏せ、紅茶のカップに口を付ける。マダムから見たその姿は、何処までも重厚であり、遥か先を見透かす叡智と、自信に満ち溢れたものであった。

その超常の力を抜きにしても、マダムから見た魔王は滴るような色気を持った存在であり、奥様方の間でも、人気は高い。

宿泊中に一夜を共にしたいと密かに狙っている奥様も多く、まるで修学旅行にきた中学生のような騒ぎとなっているのだ。中には田原派も存在していたが、先日、彗星の如く現れた美少年にも、早くもファンが生まれつつあった。

「今度は若い子たちを連れて来ようかしら？　皆、魔王様や部下の方に夢中になると思うわ」

「それはそれは、光栄な話ですな」

「ふふっ、それに妹が旅館や、ここを見ればどう思うかしらね――――」

マダムが遠いものでも見る目付きになる。

この姉妹が仲違いを起こしてから、長い年月が経過した。互いに噂だけは耳にするものの、直接会うことなど久しくなかったのだ。

「あの子の派閥は数こそ少ないけれど、とても強い力を持っているわ………この国でも一番の畏敬と、尊敬を集めている集団よ」

「芸術派、と呼ばれる集団のようですな」

「貴族は見栄っ張りが多いのよ。かくいう私も、美にかまけてきた訳だけれど」

「武断派とも、和解されたようですな」

「えぇ。これ以上、私たちの諍いで魔王様に迷惑はかけられないもの」

それを思えばこそ、マダムはプライドを捨て公衆の面前で頭を下げ、莫大な金銀を費やし、支援物資まで送ったのだ。

マダムの政治的手腕が、如何に優れているかを示す一幕であったと言えよう。

魔王はノータッチであったにもかかわらず、勝手に歴史が動いた瞬間でもある。

「迷惑など。ただまぁ、国内で争っていても、喜ぶのは他国ばかりですからな」

かつての日本を思い出したのか、魔王も頷く。

国会では毎日のように汚い野次が飛び交い、グダグダの展開を毎日のように見せ付けられたものである。それを思えば、マダムの胆力は尋常ではない。

「ただ、物資は送ったけれど、根本的な解決には程遠いわね。武断派の領地は天候不順で、ロクに作物も育たないのよ」

支援を送ると言っても、限度がある。

領地が貧しければ、いつまで経っても貧困から抜け出せず、支援頼みになってしまう。

現代における、アフリカの貧困問題のようなものであろう。根本的な解決とは、その国土に産業を生み、豊かにするしかないのだから。

マダムが思い悩む中、魔王は事もなげに告げる。

「簡単なことです――――彼らには職業軍人として、然るべき給与を与えればよい」

煙草に火を点けながら、魔王は辺りを鎮めるような声色で言う。そんな荒れた大地をどうこうするより、軍人として雇った方が早い、という考えである。

（大昔の、屯田兵じゃあるまいしなぁ………）

軍隊に貧しい大地を与え、そこで過酷な自給自足の生活をさせながら、あまつさえ、国防まで担わせるなど、魔王からすれば古い話であった。

（軍人の仕事とは、敵を粉砕すること。その一事に、専念させるべきだ………）

あれもこれも願うなど、ナンセンスな話でもある。

少なくとも、この男の中では軍人とは給料で雇うものであって、間違っても土地などで養うものではない。

日本の戦国時代でも織田信長などが銭で兵を雇い、農地の開墾や収穫期を問わずに休みなく攻め立て、相手を疲弊させたものである。

北方諸国の争いでも、戦争期や休戦期などが設けられているが、専業の軍隊が突入すれば、状況はガラリと変化するであろう。

「魔王様は、彼らを………その、丸ごと雇い入れる、と言っているの？」

「要約すれば、そうなりますな」

「武断派を丸ごと養うなんて、莫大なお金が必要よ。短い期間ならまだしも――――」

「今のラビの村では到底、無理でしょうな。ですが、豊かな鉱山が入れば話は変わる。何でも、この村に〝コソ泥〟を送り込んだ貴族がいるとか」

魔王の言葉に、マダムの目が大きく見開かれる。聡明な彼女は〝それ〟が何を意味しているのか、すぐに思い当たったのだ。

同時に、魔王の頭に浮かんでいるのは、田原が眺めていた聖光国の地図である。

それも、その西側を囲うように記された、大きな赤い丸であった。

（そこの連中はこっちと揉めたいようだし、幾つか鉱山を頂いちまおう）

喧嘩を売られたのをこれ幸いと、魔王は堂々と火事場泥棒する腹積もりであった。

実際は喧嘩どころの話ではなく、大規模な内戦になるであろう。

「そう…………。ようやく、あの醜悪な男にも終わりが訪れるのね」

「先方は勇ましくも、戦支度までしているとか。私としては、村人を守るために、自衛せざるを得ませんな」

いけしゃぁしゃあと、魔王が言う。

とは言え、腹を括ってしまえば何でもやってのけるのが、この男である。

東の村を接収したこともあってか、もはや領土の拡張に迷いがない姿であった。実務は田原がやってくれると考えているのか、その姿は無駄に自信ありげでもある。

「そこで、マダムに１つ頼みがありましてな。なに、簡単なことです。私がコソ泥を送り込んだ男に激怒している、との噂を社交界に流して貰いたいのですよ」

「そ、そんなことをしたら、ドナが守りを固めちゃうじゃない！」

マダムがつい、相手の名を口にしてしまう。

だが、魔王の笑みは変わらない。

「実に結構。大いに固めて貰いたいのですよ。お仲間がいるのであれば、大勢集まってくれると尚、ありがたい。手間が省けますからな」

「そ、そう………」

一撃、その日で全てを終わらせるつもりなのだと、マダムは察する。

そして、大量の〝無主の地〟が生まれるであろうことも。

「でも、逆に噂を聞いて、襲い掛かってきたりはしないのかしら？」

「どういう訳か、古来より小人は襲われると聞くと、守りを固めるのに汲々とするものでして。本来は敵を粉砕しない限り、幾ら守っても無意味なのですがね」

魔王からすれば、噂を聞いて攻め寄せてくるなら尚、都合が良い。

田原や悠は対集団に向いたスキルや能力を所持しており、村に忍び込もうとしても、近藤の眼から逃れることは絶対にできないのだから。

「さて、無粋な話はここまでとして、知人から頂いた酒でもどうですかな？」

魔王が取り出したのは、当然のように火酒であった。

マダムといえど、おいそれと口にできない貴重な酒である。

「まさか、火酒……？　何処でこんなものを…………!?」

「ははっ。最近はドワーフや、獣人と呼ばれる方々とも交流を深めておりまして」

「ほん、とうに…………貴方って人は…………………」

マダムは呆れたように笑いながら、グラスを受け取る。

２人はにこやかに乾杯し、様々な雑談を交わす。

東の村を接収したこと、マダムとホワイトの会談、貴族の間で流れている噂、美術品、村の評判、何気なく語られるそれらは、情報として万金の価値があるものばかりであった。

やがて、火酒を飲み終えた魔王は最後に告げる。

「私は再度、北へ赴く予定でしてな。妹君が来訪された折には、よろしくお伝え願いたい」

「そうね…………私も数年ぶりの、〝姉妹喧嘩〟を楽しませて貰うことにするわ」

マダムはその時を想像したのか、満面の笑みを浮かべる。魔王もそれに対し、グラスを掲げ、乾杯するような仕草で返した。


夜、一仕事を終えた魔王は《癒しの森》で一服を入れていた。

あらゆる負傷を癒す、と設定されていることもあってか、森の中にいるだけで、何とも言えぬ穏やかな気持ちになっていく。

（北での仕事も、早めに片付けないとな…………）

より強い、魔法への対抗策。

それを思えば、更に強大な迷宮へと挑まなければならない。同時に、アクの寂しそうな表情が浮かび、魔王はしかめっ面となった。

(どうかしてるな、俺は………どうして、あの子の父親のように振舞っている)

どれだけ考えても、答えの出ないもの。

考え込む魔王の背に、ルナが声をかける。

温泉から出たばかりなのか、浴衣姿であり、以前より少し大人びた雰囲気であった。

「こんなところに1人でいるなんて、あんたは本当にぼっちね」

「お前、投げたブーメランが頭に刺さっているぞ」

魔王は呆れたように煙を吐き出し、木に背を預ける。

労働者たちが酒でも飲んでいるのか、遠くからは笑い声や、楽器の音色、それを囃す声や、手拍子などが響いていた。

「良い……夜ねっ。この森も、悪くないし」

ルナも魔王と同じ木に背中を預けると、夜空を見上げながら言う。

一本の木を、魔王と聖女がサンドウィッチにするという、奇妙な光景であった。

「じき、この村にはもっと施設が増える」

「それは嬉しいけど………いやらしいものはダメだからね」

「いやらしい、ね。言っておくが、夜の街にはキャバクラやキャバレー、ナイトクラブや娼館、ホストクラブに男娼を買う店なども必要になってくるだろう」

「娼館に男娼って…………な、何でそんなものが必要なのよっ！」

「欲望を法で規制しても、必ず裏へと回る。闇社会の人間を生み出し、富ませるだけだ。なら、国家が後ろ盾となり、彼ら彼女らの権利を守りながら、健全に運営させる方がいい」単純にそれらを規制すれば性犯罪が増える、というのもある。

今後を見据え、魔王はルナに領主としての心構えを多少でも説いておきたかったのだろう。子供っぽい正義感だけでは、領地を治めていくことなどできないのだから。

「あんたは、たまに難しい話をするわね…………普段はいっつもお酒飲んでる癖にさ」

「有史以来、人類の歴史は酒と共にあった。私の知る限り、紀元前4000年前には」

「あぁっ！　難しい話ならもう良いわよっ！　折角、私と2人っきりだってのに、あんたはね、もう少しロマンティックな話とかできない訳？」

「こんな薄暗い森の中で、何がロマンだ…………………」

魔王は煙を吐き出しながら、呆れたように言う。

そもそも、ルナは気付いていないが、ここにいるのは2人だけではなかった。

「一応、ね…………ちゃんと、お礼を言っておきたかったの」

「何の礼だ?」

「この前のこととか、この村のこととか…………」

「礼など要らん。私が、勝手にやっていることだ。むしろ、礼を言うならこちらだろう」

その言葉に、驚いたルナが振り返る。

相変わらず、そこには大きな、黒い背中があった。

「この村や、お前の存在なくして、ここまでの基盤を作り上げることはできなかった」

魔王はこれまでを振り返り、素直な気持ちで述べる。

本来は何処から来たのか判らない流れ者など、爪弾きにされてもおかしくない。

下手をすれば、国家から追われる立場になっていたであろう。聖女の名が、ルナの存在が、あらゆる場面でこの男の信用を担保してきた結果である。

「ふ、ふーん………そんなこと、考えてたんだ？」

「お前と違って、大人なのでな」

「な〜〜にが大人よっ、馬っ鹿みたい」

ルナは明るい声で笑うと、魔王の背中に人差し指を突き立てる。

まるで、〝あの時〟を再現するように。

「………あの時のあんたは、少しだけ格好良かったわよ」

「別に、邪魔な鉄屑を排除しただけだ」

魔王の返事はいつものように素っ気ないもの。いつものルナであればムキになって何か言い返していたであろう。だが、今回は違った。

「わたし、ね。あんたのことが好きみたい――――」

「えっ？」

流石に驚いたのか、魔王が振り返る。

だが、そこにルナの姿はなく、その場を立ち去ろうとする背中があるだけであった。

「世界一のお姫様の心を射止めたんだから、あんた、責任取りなさいよねっ」

「おい、ちょっと待………」

魔王の言葉を待たず、ルナがそのまま立ち去っていく。

残された魔王はバツが悪そうな顔で、もう1人に声をかける。

「いつまで隠れているつもりだ」

「ご、ごめんなさい………こんなつもり、いや、こんなことに、なるなんて………」

「はぁ………」

木陰から、申し訳なさそうにイーグルが出てくる。

彼女としても、こんな場面になるなど想像していなかったのであろう。まるで、自分が愛の告白でもしたかのように顔を真っ赤にしていた。

「あ、貴方は、どうするつもりですか………その、返事は」

「お前はそんなことを言いにきたのか？　何か、別の用件があったんだろう？」

「ぁ、はい………でも、衝撃で頭から飛んでしまったというか………」

「困ったもんだ………」

魔王は新しく煙草を咥え、火を点ける。

この男からしても、この歳になって青春映画のような青い展開がくるなど、予想外だったのであろう。だが、イーグルがやってきたことには十分に心当たりがあった。

「大方、自分はこの村にいて良いのか、などと悩んでいるのだろう？」

「…………は、はい」

「結論から言おう。お前がいても、何の問題もない」

「そんな、バッサリと…………」

魔王のざっくりとした言い様に、イーグルは顔を伏せる。

相談する相手を間違ったのではないか、とも思ったに違いない。

「お前が去ったとしても、ルナは無理やり連れ戻すだろう。無意味なことだ」

「で、ですが…………」

「あんな友人を持ったことを迷惑に思うか、ありがたく思うかは、お前の自由だ。ただ――」

「ただ…………？」

「替えが利かない友というのは、タダでは手に入らん。その逆も然りだ」

年齢を重ねるごとに友人は移り変わり、環境によっても変わる。

そして、終生変わらない関係もある。２人の関係を思えば切っても切れない間柄である、と魔王は考えているのだろう。

「折角、再会したんだろう？　なら、いつまでも暗い顔をしてないで、少しは笑ったらどうだ？　ずっと辛気臭い面でいられるなど、面倒極まりない」

魔王はずけずけと言いながら、イーグルの両頬を摘み、無理やり引き上げて笑顔にする。

妙な場面を見られたことに対する、恥ずかしさもあったのだろう。

「うっ、しょんな、無理はり笑へと言われへも…………」

「悲劇のヒロインなど、流行らんぞ。それにしても、お前は鷹の種族らしいが、何故イーグルと名乗っているんだ？」

分類としては、タカ目タカ科に属する鳥の中で、比較的小さな体格のものを鷹と分類して、ホークと呼び、大きな体格のものは鷲として、イーグルと呼ぶ。

イーグルは魔王の手から逃れると、胸に手を当て、息を整えながら言う。

「鷹人はその昔、熾天使様と共に空を翔られた、との伝承があるんです…………」

「伝承、ね。それで？」

「お陰で、悪魔たちから目の敵にされてしまって……遂には絶滅にまで追い込まれました」

「なるほど、お前はそれで違う種族を名乗っているのか」

「鷲人も、結局は似た種族として、絶滅にまで追いやられたと聞いています。悪魔を呼び寄せる呪われた種族として、同じ獣人たちからも迫害され、みんな殺されたと…………」

その言葉を聞いて、魔王はしみじみと溜息を吐く。

何処からどう聞いても、本当に悲劇のヒロインではないか、と。

「まぁ、お前の事情は理解した……無理に笑えとは言わんが、この村で生活していれば、じきに笑い方も思い出すだろうよ」

言いながら、まるで零の台詞だと魔王は苦笑する。

同時に、あの突き抜けた馬鹿さ加減を思い出したのか、優しい目付きとなった。

「呪われた種族か何かは知らんが、お前は良い友人を持った。私もルナを倣って、大いに我侭を貫き通すとしよう。たとえ相手が、この世界を支配する神であろうとな」

それだけ言うと、魔王はその場を立ち去る。

残されたイーグルは、去って行く魔王の背中を無言で見つめるしかなかった。

それは、〝あの時〟と同じように大きく、力強いもの。世の中のルールも、不条理も、法も、何もかもを、強引に捻じ伏せていく気概に満ちている。

(ルナはあんな凄い人に恋を………無茶にもほどがあるよ………)

孤児から聖女にまで成り上がり、次は伝承に謳われる存在に堂々と告白する。

その無謀なスケールたるや、イーグルは眩暈がする思いであった。ルナの隣に並ぼうとするのであれば、それこそ神をも恐れぬ胆力が必要になるであろう。

イーグルは途方に暮れる思いで、夜空を見上げるばかりであった。

堕天使ルシファー

その日、魔王は野戦病院へと向かっていた。

北へ赴く前に、全ての準備を整えておこうとしているのだろう。

その姿はいつになく慌しい。この療養区画はいつも患者でごった返しているのだが、この時間だけは人を遠ざけている。

「長官、お待ちしておりました」

「うむ」

悠が笑顔で迎える中、魔王は診療室へと入ると、無言でアサルトバリアを切る。これから行うことは、バリアがあっては邪魔なのだ。

続けてロングコートやスーツをハンガーにかけ、ネクタイを乱暴な手付きで外す。そのまま、シャツのボタンを幾つかはずした時、悠の口から溜息のようなものが漏れた。

「では、始めるか、悠」

「は、はひ…………っ！　し、しかし、本当に宜しいのですか？」

「構わん、やれ」

その声に悠が恐る恐る、しかし、何処か期待に満ちた目付きで《記録改竄》を発動させる。

魔王が命じたのは自身の年齢を〝18〟へと〝改竄〟すること。

一度限りの、大きな芝居の始まりであった。

「では、失礼します――――」

悠の手が高速で動き、魔王の持つ年齢という記録が改竄される。ありえない超常現象であるにもかかわらず、それは呆気なく完了した。

後に残ったのは、黒い刃の如き容貌をした青年の姿である。まるで、触れると黒炎にでも包まれそうな、張り詰めた空気を纏った美男子がそこにいた。

将来、国家を担う存在になるであろう、と噂されていた青年の頃の姿である。噂通り、九内はエリート官僚として出発し、瞬く間に頭角を現していった。

出世街道をひた走りにひた走り、遂には提出した〝計画〟が認められ、国家の重鎮にまで上り詰めてしまう。それが、大帝国の栄光と崩壊のはじまりであった。

「ふむ、懐かしい姿だな」

「ぁ……ぅ………」

鏡に映る姿を見て、魔王は無感動に一つ頷いただけであったが、悠は口と鼻に手を当て奇妙な呻き声を洩らした。在りし日の、魔王の姿に鼻血が出そうになったのだろう。

「ちょ、長官、良ければあと少し、改竄しませんか？　具体的には、8歳ぐらいに………」

「何を言っている。それでは芝居にならんだろう」

魔王は続けざまにアイテム作成を行い、2つのアイテムを取り出す。

その名もまんま、《堕天使の翼》と《堕天使の衣装》という一式であった。

古今、様々なゲームに天使や悪魔が使用した武器や防具などが出てくるのはお約束であったが、衣装もその例外ではない。

かつての会場には《天使の輪》や《小悪魔の角》など、その手のアイテムが溢れていた。

「悠、私は少し着替えるとしよう」

「は、はいっ！　お手伝いさせて頂きます」

「い、いや、少し外に出て欲しいのだが…………」

「いけませんっ！　長官の身に何かあれば大変ですから！　から！」

「もうバリアを展開している。心配するな」

どうにか悠を宥めて外に出すと、魔王はそそくさと着替えを始める。

言うまでもなく、生み出した２つのアイテムはファッション防具であり、実用性など皆無だ。

こんなものを装備して戦闘に臨めば、一瞬で蒸発させられるだろう。

（何ともはや、90年代のノリだな…………）

鏡に映る、刺々しい姿を見て魔王は懐かしい記憶に浸る。

その年代にはヴィジュアル系バンドが大ブームとなり、外を歩けば、こんな格好をした男女で溢れていたのだ。

服のあちこちは破れ、何故か腕や脚には鎖などが巻かれている。

典型的な、黒一色のヴィジュアル系の服装であった。

（服はまだしも、羽まで…………完全に仮装大会のノリだな）

魔王は覚悟を決め、《堕天使の翼》を背中に装着する。この男は一度、腹を括ると余人が避けるようなことでも平然と行えるのが一大特徴であった。

(久しぶりに見たが、相変わらず大袈裟だよなぁ…………)

片方に6枚の羽で、計12枚という翼の群れである。一枚一枚に濡れたような艶めきがあり、妖しげな魅力を放っているが、その防御力は2であり、完全にゴミであった。

とは言え、そこに描かれた設定だけは〝本物〟である。

研ぎ澄まされた黒き刃のような容貌や、衣装。その翼から放たれる漆黒のオーラは凄まじく、誰がどう見ても、古に謳われる堕天使そのものであった。

「ちょ、長官…………そろそろ、宜しいでしょうか?」

もう待ちきれなくなったのか、悠が慌しくノックし、部屋に飛び込んでくる。

部屋に入った途端、その口から奇声が漏れた。

「くぅぅ…………尊い…………ッ！　この姿はこの姿で、また別の旨味が凝縮されていますね、長官……っ！」

(俺はとんこつスープか！)

思わず魔王が突っ込みそうになるものの、悠の反応を見て、安堵の表情も浮かべる。

これで爆笑などされようものなら、とてもではないが、これから行う大芝居など打てなかったであろう。

「長官…………その、少しだけ抱き締めて貰えませんか」

「………なに？」

「休暇を取られるまでの間、ご褒美が欲しいんです」

「ま、まぁ……それは………」

魔王はバツの悪そうな表情を浮かべ、言葉に詰まる。温泉に入るという話も、有耶無耶にしたままであり、今も悠のお陰で姿を変えているのだ。

世話になりっぱなしであるのに、何も返さないというのは冷たすぎるだろう。

「しかし、この服だと鎖があって痛――」

「いえ、全く気になりません！　なりませんから！　むしろ、ご褒美です」

「ちょ、ちょっと待て………ご褒美って」

悠は魔王の言葉を遮るように、その胸に飛び込み、顔を埋める。

魔王も諦めたように、軽くその体に手を回す。同時に、無駄に高性能な堕天使の翼まで可動し、漆黒の羽が悠の体を包み込んだ。

（おいおい、何やってんだよ、この翼ッッ！）

魔王が慌てるものの、もう遅い。白衣を着た悠と、堕天使のコンストラストは見る者を惑わせるような、実に蠱惑的《こわくてき》な姿であった。

悠は魔王の胸に顔を埋めながら、頬を上気させ、息を荒らげる。

魔王の手が腰に回された時には、悠の体に百雷が落ちたような衝撃が走り、まるで感電したかのように何度も体が跳ねた。

「ゆ、悠…………だ、大丈夫なのか？」

「ご心配、なく。わた、しはっ、平気です、から…………っ」

その不可解な姿を見て、魔王の頭に浮かんだのは陵辱ゲーのヒロインのようになっていた近藤の姿である。しかし、悠の顔に苦痛はなく、どちらかと言えば恍惚とした表情を浮かべており、この世の幸せを独占しているような顔付きであった。

「で、では…………私はそろそろ、仕事へ戻るとしよう」

「は、はぃ…………っ」

魔王が全移動で消えた後、悠はとても立っていられず、地に両手と膝を突く。

肩で荒々しく息をする姿は、フルマラソンを走り抜いたランナーのようであった。

「………… 〝世界〟が、あった。長官の中に、世界の全てが！」

悠が怪しげなことを口走り、大口を開けて嗤う。

この日の悠は一日上機嫌となり、患者に惜しげもなく笑顔を振りまいては、珍しく土壌に水を与えるなど、文字通り女神として過ごすこととなった。

笑えなかったのは、その一部始終を盗み見していたケーキである。

（とうとう、本性を見せやがった…………いや、あれが本当の姿だってのか⁉）

ケーキは既に、魔王の姿を幾つも目にしている。

通常の姿、体力が半減した姿、トドメに――――堕天使そのものと化した姿。

（マジモンの化物だぜ！　あれが、あれが………… 〝夜の支配者〟か！）

ケーキの勘違いが完全に固まった頃、聖城でも騒ぎが起きていた。

――聖光国　聖城――


聖城の執務室では多くの書類を前に、ホワイトとオババが協議を行っていた。

3人の聖女のうち、政治向きのことが行えるのはホワイトのみであり、彼女は聖女として選ばれて以来、殆ど休日らしい休日もない。

「醜悪なドナめッ！　魔石の値を大幅に吊り上げると寄越してきおったわい」

「またですか。困りましたね………」

「裕福な貴族はいざ知らず、これでは民の困窮は増すばかりじゃて………」

ドナは聖光国の西側、大鉱山地帯を支配しており、その豊かな資金力で多くの貴族や傭兵らを手懐けている。北を見れば、国境付近にはアーツを頂点とした武断派が不穏な動きを見せており、中央ではバタフライ姉妹が社交、芸術の分野で女帝として君臨していた。

先日、その武断派と社交派が手を結んだ、との驚愕の知らせが届いたばかりである。

事情を知らぬホワイトからすれば、心中穏やかである筈もない。

(国が、揺れている………かつてないほどに…………)

そして、東を見れば不毛の荒野が広がっており、中央の威令が届かないのを良いことに、山賊の類まで跋扈している始末である。下を見れば、多くの貧民がサタニストへと堕ち、北方諸国も隙あらば領地を掠め取るべく、虎視眈々とした目付きで聖光国を狙っていた。

まさに――――〝内憂外患〟とは、この国のことであろう。

聖女の役割としては、国が執り行う儀式や外交の代表が主なものであり、貴族間で揉めた際に調停役として担ぎ出される、と言うのが精々である。

大鉈を振るって、改革を行えるような権力などは所持していない。

あまりの現状に絶望したのか、オババが暗い声を洩らす。

「多くの貴族が其々に土地を所有し、好き勝手に振舞っておる。もはや、聖堂教会も名ばかりのものであるの…………」

「…………最近は、寄進も少なくなりましたね」

「ふんっ、昔ならいざ知らず、今のご時勢では、下手に受け取っては何を要求してくるか判ったものではないわ」

ホワイトは頭上に輝く天使の輪を外し、無意識に抱き締める。八方塞がりの状況に、つい弱気になってしまったのであろう。

だが、オババはその《天使の輪》に1つの救いを見る。

「そのお方が、御力をお貸し下さればなぁ…………」

「それ、は…………」

オババの声は悲痛なものであった。

長く生きてきた分、昔と比べて乱れきった今の聖光国を見ていて辛いのだろう。

そんなしんみりとした空間に、荒々しい足音が近付いて来る。

扉が派手に蹴られ、足音の主が姿を見せる。

当然、足音の主は――――クイーンであった。

「クソババァもいたのか。丁度良い、国外に行く許可をくれ」

「お主は…………ここを何と心得ておるのかッ！　それが聖女の振る舞いかや！」

「んなこたぁ、どうでも良いんだよ。許可をくれ」

「ちょっと、クイーン。国外に行くって、どういうことよ！」

聖城には幾つかの守りが施されているが、その中でも一番強固な守りともいえる結界は、聖女が不在になればその力が大きく落ちてしまう。

故に、ホワイトは聖城にほぼ常駐しており、国内で何らかの騒ぎが起きた際には、クイーンかルナが出張り、武力でそれを粉砕するのが常であった。

「――――奈落だ――――」

「「奈落!?」」

クイーンの言葉に、奇しくも2人の声が重なる。

この内憂外患の状態にあって、奈落などを構っている暇はない。第一、あれは北方諸国の問題であって聖光国の問題ではなかった。

「零様が現れる時は、いつも奈落が出てきた時なんだよ」

「あ、貴女ね、そんな私情で…………！」

「――――待て。零とは、あの噂の〝龍人〟のことであるかや？」

真っ先に反対するであろうオババが、意外にもクイーンの言葉に興味を示す。

その狙いが何であれ、かの存在が上級悪魔を打ち払ったのは事実であり、オババとしても気にかかる話なのであろう。

「決まってんだろ。奈落にいきゃ、何か手掛かりが掴めるかも知れねぇ」

「ワシが聞いた巷の噂ではの、かの龍人とお主は――――〝相思相愛〟である、などと言われておったが、真かや？」

「なっ、そん…………！　だ、だだだだ誰が、そんなご機嫌な噂を流しやがってくれてんだよ、馬っ鹿野郎がぁ…………」

「これは、また…………たまげた反応じゃわい…………」

耳まで真っ赤にしながら俯くクイーンを見て、逆にオババの方が面食らってしまう。噂には聞いていたが、この鬼神のような女子《おなご》に限って、まさか、と聞き流していたのだ。

だが、このあからさまな反応を見て、オババも考え込む表情となった。

「ホワイトは《天使の輪》を授かり、お主は《銀の龍人》かや……一体、これはどういう導きであるのかのぅ…………」

自然と、オババの頭にはルナのことも浮かぶ。

あれもまた〝魔王〟などと名乗る胡散臭い男と領地に篭っているのだ。聖女の３人が３人とも、奇妙な出会いや縁を持つなど、偶然として片付けるにはできすぎであった。

「と、とにかく！　外に行く許可をくれってんだよ！」

「待ちなさい、クイーン！　貴女が外に出たら、また騒ぎを起こすでしょ！」

「あぁ？　人聞きの悪ぃことを言いやがって。俺がいつ騒ぎを起こしたよ？」

「貴女ね……〝ゲートキーパーの悲劇〟を忘れたとは言わさないわよ！」

「はぁぁ？　あんなもん、攻め込んできた玉無しが〝ヘタレ〟だっただけだろうが。アホが考えなしに来るなら、何度だって殺《や》ってやんよ」

２人が言い争う中、オババは１つの決断を下す。

八方塞がりともいえる状況に、少しでも穴を開けたかったのだろう。

「クイーンや。ワシの一存で――お主を外に出す許可を出してもよい」

「本当か、クソババァ！　やるじゃゃねぇか、クソババァ！」

「ババァババァとうるさいわいッ！　但し、許可を出せるのは今ではないぞぇ？」

「死ねよ、クソババァ！　使えねぇんだよ、クソバ…………あいたッ！」

オババは手にした大ぶりの杖を、無言でクイーンの頭に振り下ろす。

遠慮もクソもない、全力のブン殴りであった。

「えぇか、クイーンよ？　今の不穏な状況で、お主を外に出す訳にはいかん。但し、状況が落ち着けば考えんでもない。あの龍人が、我が国に力を貸してくれるのであれば、それは大きな力となるじゃろうからな」

「はぁぁ？　落ち着くっていつだよ？　明日か？　１分後か？」

クイーンが噛み付くように吠えるものの、オババは呆れた表情を返すだけであった。

「余裕のない女子《おなご》じゃの…………そんな無様な姿で、えぇ男を捕まえられると思うておるのか。ホワイト辺りに、横から掻っ攫われるのがオチじゃわの」

「んだと！　姉貴、てめぇどういうつもりだコラッッ！」

「えぇぇぇ！　何で私に飛び火したの!?」

執務室が時ならぬ騒ぎとなり、協議は一時中断となった。

ホワイトはいつもの最奥の部屋に戻り、一人円卓に座る。ここは防音防諜が徹底されており、この静かな空間をホワイトは好んでいた。

円卓の奥には聖壇があり、その後ろには、三天使が描かれた荘厳な壁画がある。神聖な空気に満ちたこの部屋は、ホワイトに相応しい空間とも言えた。

「――――会いたいな」

ポツリと、ホワイトが洩らす。

クイーンの後先考えない言動や行動に、あてられたのかも知れない。

ホワイトは会いたいと思った相手が、同じ国内にいるというのに、自由に動くことができず、声を聞くことすらできないのだ。

つい、花瓶の中から花を取り出し、その花弁を一枚一枚千切ってしまう。

「会える、会えない、会える、会えない…………会える、会え――――」

無情にも、花弁は〝会えない〟で終わりであった。

茎を持ったホワイトの肩が、小さく震えだす。

「なんでよーーーーーっ！」

花占いにまでそっぽを向かれ、ホワイトが遂に円卓へと突っ伏す。

クイーンに負けず劣らず、完全に乙女の姿であった。

「随分と、古い占いをしているのだな――――」

ホワイトが振り向くと、そこには聖壇の上に腰掛ける男がいた。堂々と足を組んだ姿は、壁画に描かれた荘厳な三天使すら、足蹴にしているようにも見える。

（う、そ…………）

その異様な姿。

全身から発する、凄まじき漆黒のオーラ。

そこにいたのは紛れもなく、伝承に謳われる〝堕天使ルシファー〟であった。

黒のコンチェルト

「嘘……堕天使、様…………ルシファー様!?」

ふらふらとホワイトが椅子から立ち上がり、驚愕に目を見開く。

その瞳に映るのは、見惚れるような黒き翼。

そこから放たれる漆黒の波動たるや、古に〝夜を支配した〟と謳われる堕天使ルシファーそのものであった。

「久しいな、聖女ホワイト――」

「ぁ……あぁ………」

だが、ホワイトにはその声に聞き覚えがある。

深く、そして、耳朶に残る声。

その声に、自分の名を呼ぶ声に、ホワイトの全身が震える。

長らく神話で語られてきた存在を目の当たりにし、もはや彼女は立っていることすらできず、そのままへナへナと座り込んでしまう。

偉大なる三天使が描かれた壁画を前にし、聖壇に恐れ気もなく腰掛け、堂々と足を組む。

その大胆不敵な姿は、まさに、神をも恐れぬ光景であった。

「そ、その姿が、貴方の、ほ、本当の御姿なのですか………」

問いかける声が、自然と震えていた。

全身に走る震えは一向に止まらず、その肌には鳥肌が立ちっぱなしである。

無理もない――

目の前に〝本物〟の堕天使の翼をつけた存在が現れたのだから。彼女からすれば、幼い頃から学んできた〝神話〟が、遂に実体を持ってしまったのだ。

驚天動地、などというレベルではない。

「私にとって、姿形など仮初のものに過ぎん――」

幸か不幸か、ホワイトには無理なく、その言葉を消化することができた。天使と呼ばれるほどの超高次元の存在にとっては、〝在り方〟そのものが違うのであろうと。

実際、文献には戦場に赴く際、多くの天使が鎧兜を身に纏い、普段の姿がまるで嘘であるかのように勇ましい姿になったと伝えられているのだ。

只の天使でさえそれである。

大いなる光に歯向かい、夜を支配したとまで謳われる存在ともあれば、姿形などに大した意味など持たないのであろう、と。

実際、〝大野晶〟からすれば本気で仮初の姿であり、全く嘘を付いていないところが、最高に性質が悪かった。

（ルシファー様……何て美しいの……それに…………………）

近付くだけで、肌が切られそうな研ぎ澄まされた空気。

刃のような、美しくも怖い容貌。だが、ホワイトの目から見た堕天使は、何処か危ういものを感じさせる、放っておけない雰囲気を纏っていた。

それは彼女の母性本能であったと同時に、大いなる光に歯向かい、遂には天から追放されたとされる伝承のせいであろう。

ホワイトはその伝承に、結末に、幼い頃から一抹の寂しさを感じていたのだ。

（この方はやはり、私が思い描いていた通りの…………）

ホワイトのような超が付く優等生にとって、堕天使ルシファーとは巨大な力を持ちながらも、何処かで道を踏み外してしまった、哀しい存在なのである。

天から追放されても己を曲げず、無理を重ねながらも、最後の最後まで悪態をついている少年のようなものを幼い頃から感じていたのだ。

現に、ホワイトの目の前にいる堕天使は、彼女と似たような年齢の容貌をしており、その想いが一層に高まってしまうという斜め上の効果を生んだ。

「聖女ホワイト。今日は貴女に、伝えておきたいことがある」

漆黒の堕天使、いや、魔王が聖壇から降り、ホワイトに近付いていく。一歩一歩距離が縮まるごとに、ホワイトの心臓が高鳴る。

その〝夜〟に、漆黒の翼に、全てを見透かすような――――黒い瞳に。

「まずは、現物を見せよう。掴まりたまえ」

「は、はい…………」

ホワイトは白い手を伸ばし、その両手を魔王の腰へと回す。それどころか体を密着させ、胸に顔を埋めながらそっと目を閉じた。

掴まるというより、完全に恋人の抱擁である。

魔王は軽く、「体の何処かに掴まってくれ」というニュアンスで伝えたつもりであったのだが、ホワイトは以前に〝奇跡の行使〟を共にした場面を思い出し、大胆な行動に出た。

無論、彼女の中では免罪符もある。

「こ、この体勢が自然なんですよね…………？　この体勢でなければ、〝奇跡〟は行使できないんですよね……？」

「ま、まぁ……そうだな…………」

ホワイトの縋るような視線に、魔王の目が泳ぐ。

二つの大きな膨らみが胸に押し付けられ、流石の魔王も頭がクラクラする思いであった。

この男からすれば、彼女こそが天使のような容貌をしており、頭上に輝く天使の輪もあってか、その魅力が格段に増しているのだ。

「はぅぅ………」

そして、無駄に高性能な堕天使の翼が、空気を読んだかのように翼を広げ、ホワイトの全身を包み込む。夜を支配した翼に抱かれる、という神話のような一幕にホワイトの顔が隠しきれないほどに赤面していく。

まるで意図していない翼の動きに、魔王も心中で絶叫した。

（さっきから何やってんだよ、このエロ翼ぁぁ！　余計に胸が押し付けられるだろうが！）

荘厳な雰囲気を出しつつも、その内容は完全にコントであった。

魔王は自分のイメージの中にある堕天使っぽく、クールに一芝居打とうと考えていたのだが、
何時の間にかハニートラップを仕掛けられたような立場となり、いつかの混浴を思い出したのか、
その顔色が蒼白となっていく。

（冗談じゃねぇぞ…………さっさとこの場から離れよう！）

この姿を誰かに見られれば、聖女に対する猥褻罪などで火炙りにされると恐れた魔王は即座に
《全移動》を発動させる。

――――羽よ、我が身を運べ――――

それは、いつか適当に放った台詞。

全移動を魔法っぽく見せかけようと、思い付きで詠唱したものであった。

だが、今のホワイトにはその詠唱がありのままに伝わる。以前の〝奇跡〟も、この漆黒の翼が
行使したのであろうと。

（また、ルシファー様と共に奇跡を…………！）

ホワイトのそんな想いを知ってか知らずか、一瞬で２人の姿が消え、景色が移り変わる。

２人が飛んだ先は、カジノの屋上。

ホワイトの目に、七色の輝きを放つ様々なネオンが飛び込んでくる。その眼下に広がるのは、
寒村であったとは思えぬ、途方もない賑わいであった。

そこには無数の露店が並んでおり、商業地区には目を瞠るような立派な店構えもある。

建築中の店舗も含めると、相当な規模の街並みであった。

「ここ、は……ラビの村、なのですか…………？」

「そうだ」

「あの大きな泉は……いえ、あのような森なんてここには…………」

聞くべきこと、不可解なことが多すぎたのだろう。

ホワイトの頭が一瞬、幼児のように真っ白となる。眼下に映る景色が信じられず、腰に回した手に力が篭り、より一層に密着する形となった。

「ともあれ、もう離れて構わんぞ」

「いやですっ…………」

「えっ」

「ぁ、いえ！　い、いいい今のはなしです。独り言、独り言です…………」

ホワイトの体がおずおずと離れ、魔王は心中でホッと息を吐く。この天使のような女性に抱きつかれ、耐えられるような男はこの世に存在しないであろう。

ようやく一心地ついた魔王が深呼吸し、雄弁に語りだす。

東の村をルナに献上させたこと、今後も領内の賑わいを見て、次々に東部の貴族はこちら側へ転ぶであろうことを。

（この子から警戒されちゃ、面倒なことになるだろうからな。上手く説明しないと）

要約すれば、魔王の言いたいことは聖女へ土地を〝献上〟させるのだから、損はさせない、という一事に尽きた。

「献上、ですか………」

「重税を課すばかりで、民を顧みない領主など、百害あって一利もない。有害な者は挿げ替え、領地を治むるに足る者が采配を振るうべきだ」

魔王はそれらしいことを口にしながら、ホワイトの反応を探る。

その表情は落ち着いており、拒絶の色は見えない。実際、利害だけを考えれば、ホワイトや、聖堂教会にとっては声望が高まる話でもあり、別段、損はない。

「東部の土地であれば、恐らく、何処からも苦情は出ないとは思いますが………」

他の場所であれば、こうはいなかったであろう。

元々、聖光国の東部は不毛の荒野が広がる一帯である。

ここに領地を持つ貴族など、〝もどき〟や〝なり損ない〟などと呼ばれ、中央や西の貴族からは歯牙にもかけられていない存在であった。

良くも悪くも、貴族は力を持たない者に冷淡なのだ。

そして、この国は努力によって自らの道を拓くことを、智天使の教えとして教育している。

国是、と言い換えても良いかも知れない。

不毛の荒野に甘んじる者など、自分たちと同じ貴族であると考えていないのだ。

「ですが、不毛の大地をどれだけ献上されても………」

ホワイトは言い辛そうに俯く。

国内を良く知る者からすれば、東部の土地など、金を貰っても御免蒙るといった場所なのだ。トラブルばかりが発生し、実入りも少ない。

その上、山賊まで跋扈しており、サタニストが生まれる下地そのものであった。

苦労に見合ったリターンなど、望むべくもない土地なのである。

「眼下に広がる景色が、私からの〝答え〟になる――――」

その言葉にホワイトは再度、高所からラビの村を見下ろす。

眼下にあるのは村ではなく、かといって街でもなく、何か別の生き物のようであった。田原が広げていく街並みは整然としており、これまでの街の概念から外れていたからだ。

計算された都市、とでも言うべきものであった。

広がる大地は病的なまでに均され、高低差などまるでない。道路も馬鹿げた広さであり、店と店の距離も大きく取られている。

この世界では僅かな土地に、如何に多くの建物を詰め込むか、が腕の見せどころであったが、全く逆の設計思考であった。

道路の広さと、店舗間にあるゆとり。

それらがもたらす落ち着きと、余裕は他の街にはないものである。

通行量が多い場所には、決まって十字に道が切られ、紅白の旗を持った人間が、適度に馬車を止めたり、通行人に合図などを出していた。

村の中を細かく見れば、様々な建築用材を担いだ者が引っ切りなしに往復しており、雇われた魔法使いは土の魔法である土補強《リーインフォース》や土固定《フィックス》などを唱え続けている。

まるで、異次元の騒ぎであった。

「何か、祭りのようですね…………」

ホワイトの洩らした声に、魔王が笑う。

この男も賑やかな景色が嫌いではなく、村の拡張を楽しんでいた。それは、いつかやっていた箱庭ゲームの現実版であり、ゲームより遥かにダイナミックなものである。

「祭り、か…………そうだな。やるからには、〝メガシティ〟を目指さねば」

「めが……？」

「────〝1千万〟の人間が住まう都市のことだ」

「1千万⁉」

その言葉にホワイトは驚愕したが、何のことはない。この男がやっていた都市開発のゲーム、そのゴールがそこであっただけである。

同時に、この男が本気で領土の拡大、その発展を目指して動き出したことは、東に住まう領民にとっては大きな益を生む。

魔王からすれば、己の権限を全て復活させるために行う、自分本位の勝手な行為であったが、もたらす利益を享受する側からすれば、救世主のように映るであろう。

それは、ホワイトから見ても同じである。

誰も手を付けられなかった不毛の荒野。それに対し、天地を一変させるような勢いで塗り替えていく光景が眼下に広がっているのだから。

これを〝天上の奇跡〟と呼ばずして、何と呼ぶべきであろう。

「貴方は。新たに国を〝建国〟されるのですか？」

「建国、ね………」

魔王は意味深な沈黙を続けたが、その内心は冗談じゃない、の一言であった。誰が好き好んで、異世界くんだりまできて王様になることなどを望むであろうか。

（そんなものは、夢見るガキがやっていればいい…………）

何処までいっても、この男の中にあるのは、自らの権限を全て取り戻すことのみである。

１人の男として見れば、〝大野晶〟はそれなりに大人の思考を持っていたが、自らが15年にもわたって生み出したものに対しては、決して大人の態度ではいられなかった。

やがて、ホワイトの問いに対し、魔王が沈黙を破る。

「国など、望んで作るようなものではない――」

「自然に、後から付いてくるものだと？」

適当に濁した言葉に、ホワイトが即座に食い付く。魔王は返す言葉を探すものの、上手い言葉が出てこない。

故に、この狡猾な男は――

別の話題へと擦り替えることで、誤魔化すことを決意した。

「私には敵がいる。この世界を牛耳る何者かだ」

事実、この男には敵がいる。

まだ姿こそ見せないが、明らかな悪意と敵意を持った相手が。しかし、ホワイトからすれば、その言葉が意味するところは一つしかない。

堕天使ルシファーが敵と呼ぶ者など、《大いなる光》以外にありえないのだから。

「…………貴方は、再び抗おうとするのですね」

(だから、再びって何だよ！)

以前から度々、似たような言葉をかけられており、魔王は頭を悩ませる。

そんなことを言われても、反応のしようがないのだ。

「さて、何度目かは知らんが、今回は私が勝つ。それも、〝完璧な勝利〟という形でな」

「な、何故、そう言い切れるのですか？」

「私は、自分が負ける姿など想像したこともない。それに――――」

「それに…………？」

魔王の頭に浮かぶのは、８人の側近たちと、それらを従える大帝国の魔王の姿。

いわば、たった９人で数多のプレイヤーを跳ね除け続け、勝利を積み重ねてきたのだ。世界中の廃人プレイヤーと戦い続けた記憶が、自身の敗北など夢にも思わせない。

「ここには、今までいなかった〝味方〟もいる――――」

魔王はホワイトを真正面から見据え、運命的な台詞を口にした。

確かに、たった9人で戦っていたことを思えば、今の状況は遥かに恵まれていると言えるだろう。それこそ、冒険者や軍人、傭兵なども金次第では雇い入れることもできるのだから。

だが、ネオンが煌く極色の世界で。

世界に2人しかいないような空間で、それを口にするのは甚だ拙かった。

現に、今の台詞を聞かされたホワイトは心臓が止まるほどの衝撃を受け、暫く息をすることすら忘れたように停止してしまったのだから。

「貴方は……私を味方、だと…………？」

「無論、頼りにしているとも」

魔王は必要とあればルナやホワイトなど、国の権力者を動かそうとしていたし、それに対して然るべき対価を払う用意もあった。

だが、噛み合っているようで、決定的に何かが食い違っている2人である。やがて、ホワイトは魔王へと歩み寄り、その黒い瞳を真っ直ぐに見つめた。

「私には、古に何があったのか判りません…………その確執が、どれだけ深いものであるのかも。ですが…………」

「ん？」

「私は眼下に広がる〝奇跡〟と、この輪を与えてくれた貴方を信じます」

（…………奇跡？）

聞き慣れない単語に魔王が首を捻るものの、ホワイトは静かに手を伸ばし、その顔を引き寄せる。気付けば、魔王の顔が二つの膨らみに埋まっていた。

その圧倒的な柔らかさと包容力に、流石の魔王も言葉を失う。

「私が、きっと貴方を守ってみせます。どんな光からも――――」

「う、うむ…………」

魔王がぎこちなく返事をしたものの、慌ててその胸から顔を上げる。そこにいれば、あまりの居心地の良さに動けなくなりそうだったからだ。

しかし、無駄に高性能な堕天使の翼が勢い良く広がり、ホワイトの体を引き寄せ、その全身を包み込む。今回はこれまた無駄に設定されていたエフェクト付きで発動したらしく、辺り一面にキラキラと黒い羽が舞った。

「ぁ……っ………」

七色の光を放つ極色の空間の中。

黒き羽が舞う幻想的な光景に、ホワイトの顔が酔ったように赤くなる。

いつしかその両手が、そっと魔王の腰へと回された。

「私が貴方を、必ず元の天使様の姿にしてみせます…………」

近代的なネオンが煌く中、黒と白の天使が重なり合う神秘的な光景ができあがり、魔王は心の何処かでお手上げのポーズを作った。

彼女の真面目さと一途さに、何処か降参する思いであったのだろう。

古来、本気になった女に、男が勝てたためしなどないのだから。

空に浮かぶ雲に、ほんの少し近付いた場所で。

魔王は過ぎ去った遠い日を想う。

頭の中では0時のベルが鳴り響き、力強い始動を告げてくる。

それは何かの始まりにして、永久に終わらぬ協奏曲だ。


黒い天使が音色を奏で、世界が踊る。

鳴り止まぬ協奏曲は、いつしか世界の全てを塗り替えていくに違いない。

この男は伝承に謳われる存在でも何でもないが、紛れもなく、〝世界〟の創生者なのだから。

SP残量――――1358P

追憶編

新入社員

――2007年　42―OMG日本支部本社――


ビルの爆破事件から1週間、晶は42―OMGの会議室に立っていた。

42―OMGはイギリスに拠点を置く世界的に著名なゲーム会社であるが、その両手は広く、不動産や医療、船舶などにも多額の出資を行う一大コンツェルンの側面を持っている。

多国籍企業らしく、会議室に居並ぶ人種も様々だ。

どの面構えも不敵であり、服装も自由であるため、ラフな格好をしている者が多い。ゴスロリファッションの者もいれば、中にはドレッドヘアーの者までいる。

言われなければ、とても会社の会議室であるとは思わないであろう。

「今日はお前らに、新入りを紹介する」

青木がそう告げると、会議室の面々は興味なさげに横に立つ男へ目をやる。この部署は選りすぐりのエリートが揃えられており、非常に我侭で、自尊心の高い者が多い。

「外部オブザーバーとして、新プロジェクトに参加して貰うことになった大野君だ」

晶が礼儀正しく一礼するものの、会議室にはしらけた空気が漂っていた。何も言わずとも、その顔には「どうせ、すぐ辞める」と書いてある。

実際、青木の部署は社内でも最前線とも言うべき場所であり、人の出入りが激しい。

激務に耐え切れずに去る者、周囲の才能に絶望して辞める者も少なくない。

「大野君は〝部長待遇〟として、君たちの指揮を取って貰う立場となる」

その声に、はじめて会議室の面々が反応を見せる。どこの馬の骨かも判らない男が、いきなり上司面してくるなど、冗談ではないといった顔付きであった。

「ヘイヘイ、そこのボーイはボスの隠し子だってのかい？」

陽気なラテン系の黒人が声を上げる。彼らは職務上、様々な人種と交わって仕事をするため、主要な言語はペラペラであり、日本語も実に堪能であった。

無論、ボスとは青木のことであり、周囲もその皮肉に笑う。

「それとも、ミキモトの隠し子？　この会社のことは好きだけど、職権乱用はＮＧよ」

豪奢な金髪を靡かせ、白人の女性も笑う。

会議室にいる誰もが、青木の言葉をジョークとして片付けようとしていた。

「こんな可愛げのない小僧が、俺の息子であって堪るか。ほれ、自己紹介くらいしろ」

そんな青木の声に晶は一歩前へと進み、にこやかに笑った。

この新入りが何を言い出すのかと、全員が晶へと目を向ける。

「皆さんのお手元にあるＰＣには、私が製作したゲームをインストールしています。ここ数日、不眠不休で改造したのですが、まだまだ粗い。まずはこれを叩き台として、世界の全てを１から作り直したいと考えております」

自己紹介と言うよりは、既に業務の話であった。

鼻白んだように、会議室に居並ぶ面々の顔が渋くなる。

彼らから見た日本人は真面目だが、とかく面白味がなく、ジョークすら通じないロボットのようだと思われているのだ。

ロクに名前も名乗らずに、いきなり仕事の話をするなど、最悪のノリであった。

「ヘイ、アキラだったか？　君の」

「そのゲームが、私の自己紹介となります」

取り付く島もない態度に、全員がオーバーリアクションで首を竦める。チームの中には日本人も混じっていたのだが、その顔にも苦笑が浮かんでいた。

しかし、晶が次に放った言葉を聞いて、全員の顔が真顔となる。

「皆さんには今から1週間、殺し合いをして貰います」

「ファッ!?」

「Ｏｈ…………」

「大野、と言ったか？　君はさっきから何を言っている！」

騒然とする会議室を前に、晶が無言で退室する。説明するより、プレイして貰った方が早いと考えているのだろう。

その態度は実に横柄で、反感を買うものであった。

「ふぅー、さっさと浮かんだ案を形にしないとな…………」

社内の喫煙室へと入り、晶は一服を入れながら脳をグルグルと動かしていた。その姿を見ていると、会議室での騒ぎなど眼中に入っていないらしい。

そこへ、渋面を作った青木が入って来る。

「たまげた小僧だ。怒った何人かが、このプロジェクトから降ろさせてくれってよ」

「構わないさ。元々、俺が1人でやるつもりだったんだ」

その言葉に、青木は逆らわない。

実際、この小僧なら何年かけてでも、本当に1人でやるだろうと思ったからだ。故に、青木は全く別の話題を振る。

「………お前は、VRって世界を知ってるか？」

「ぶい、あーる？　何だ、そりゃ」

青木は勿体つけるように葉巻に火を点け、ゆったりと紫煙を楽しむ。いつまで経っても口を開かない姿を見て、晶は焦れたように口を開く。

「おい、勿体つけてないで、さっさと言えよ」

「そんな口の利き方じゃ、何年経っても言えやしねぇなぁ…………おい、小僧。ものを教えて貰う時ってのは、どういう態度を取るのが正解だ？」

「クソッ！　判ったよ。判りましたよ、青木常務！　何も知らない僕にご教授下さいませ！」

「それが精一杯の態度ってか？　ったく、どんな教育を受けてきたんだか………」

青木は呆れながらも、VRの世界をぽちぽちと語り始める。

ＶＲの歴史は意外と古く、１９６０年代には既にスタートしていた。

そこから様々な技術革新が続き、ゲームだけではなく、この２００７年にはグーグルマップにはじめてストリートビューなども登場している。

そこにいないのに、体感できる。

ここと違う、仮想空間。

もう１つの、世界。

青木の語る内容に、晶の姿勢が段々と前のめりになっていく。

「何だよ、それ……〝世界〟をもう１つ作って、そこに入り込めるようになるってのか？」

「まぁ、要約するとそうなるな」

ＶＲ技術が本格的に知られ、様々なゲームへ使用されるようになるのは遥か後年である。

だが、世界最先端の技術を持つ42－ＯＭＧは既に自社で開発を進め、社内で様々な実験まで行っているとの話であった。

「社長の指示で、古いヨーロッパの街を１つ作っていてな。〝ＤＩＶＥ〟してみるか？」

「行く！　すぐ行く！　ルパンダイブする！」

「お、おいっ、ちょっと待て！　葉巻が勿体ねぇから、吸い終わってからだ」

「山賊みてぇな面して、ケチ臭ぇこと言ってんじゃねぇよ！」

「誰が山賊だッ！」

２人が下らない言い合いをしながら、喫煙室を後にする。

翌日、ようやく会社を出た晶は、満足気に朝焼けの街を歩いていた。

あれから一日中、仮想世界に浸っていたのであろう。

「もう1つの、世界か…………すんげぇぞ！　ははっ、笑いが止まらねぇわ！」

「上機嫌な晶、はっけ〜〜ん♪」

「ぁん？」

見ると、何時の間にかXXが背後にいた。

それも、厚かましく肩を組んでくるオマケ付きである。

「晶ー、今日が初出社だったんっしょー？　何か奢って♡」

「アホか、お前は。普通は逆だろ、逆」

「更にその逆を掻い潜ろうぜ〜。ウチ、今月ピンチなんだよねー」

「ピンチなのは、お前の人生そのものだろ。いつになったら働くんだ」

呆れた口調で晶が返すものの、XXはいつものように笑うばかりであった。それどころか、肩から手を外し、どういうつもりか腕まで組んでくる。

「しょーがないなー、晶は。どうせ体で払えって言いたいんでしょ、このクズ！」

「お前、病院に行け。窓に鉄格子が付いた方の」

「いたいけなウチを脅して、種付けプレスで孕ませようとしてるんでしょッ!?　ウチは絶対に受精しないんだからねっ！」

「さて、タクシー拾って帰るわ」

ＸＸの発言を無視して、晶がタクシーを呼び止める。

それを見て、ＸＸは更に騒ぎ出した。

「ちょっ、タクシー乗る金はあんのに、ウチにはご飯奢らないって、どういうこと⁉」

「うっるせぇなぁ…………ほれ、さっさと乗れ。中華でも食いに行くぞ」

「やった！　晶、大好き！　結婚して♡」

「…………気持ち悪いから、やっぱり牛丼に変えるわ」

「うっわ、離婚な。慰謝料払えよ」

「お前…………俺が千手観音なら、全部の手を使ってブン殴ってるところだぞ」


こうして、晶の希望に満ちた新生活が始まった。広く世界を見渡せば、漂う木の葉の一枚にすぎなかった男が、大地に根を下ろした瞬間でもある。

後に歴史を語る者がいるとすれば、この日を、ターニングポイントとして記すであろう。

大野晶の栄光に満ちた半生と、破滅が始まったと。

あとがき

6巻を手に取って頂き、誠にありがとうございます。

作者の神埼黒音と申します。

これを書いているのは8月の上旬なのですが、本当に暑いですね。大雨が続いたかと思えば、猛暑、それに年始から続く新型コロナまで…………。

今年は肉体的にも精神的にも、ほとほと疲れたな、という方が多いと思います。

この6巻で、少しでも憂鬱な気分が吹き飛べば良いのですが。

今の時代ほど、悠姉さんが現実に居てくれればなぁ……と思ったりするのですが、ワクチンは作ってくれても、100万人くらい不審死しそうですしね。

それにしても、去年から夏に発売されることが多くなりましたね。

アニメ放送が終わった後、売り上げが落ちるケースが大半らしいのですが、お陰様で書籍も、漫画も好調なまま、ここまで来る事が出来ました。

まおリトを応援して下さる皆さんに、改めてお礼を申し上げます。


さて、物語も6巻に突入し、魔王がラビの村へと帰ってきました。

この巻で描きたかったのは、様々なキャラクターとの「再会」です。物語がどう推移しても、各キャラクターの元へと帰ることが、魔王の仕事の一つになることでしょう。

本書に対するご意見、ご感想をお寄せください。

あて先

〒162-8540 東京都新宿区東五軒町3-28
双葉社　モンスター文庫編集部
「神埼黒音先生」係／「飯野まこと先生」係
もしくは monster@futabasha.co.jp まで

魔王様、リトライ！R
漫画：身ノ丈あまる
原作：神埼黒音　キャラクター原案：飯野まこと

コミカライズ版は
がうがうモンスターにて
絶賛連載中！
公式サイトで今すぐ読む
https://gaugau.futabanet.jp/

Mノベルス

異世界でもふもふなでなでするためにがんばってます。
向日葵　ill.雀葵蘭
秋津みどり享年二十七。死因は過労。神様から能力をもらって異世界に転生しました！　与えられたスキルは、人間以外の生物に好かれること。それ以外は平々凡々な私だけど、ハイスペックな家族に見守られつつ異世界ライフを満喫している。ファンタジーな動物たちをもふもふしたり、なでなでしたりする毎日。何やらきな臭い動きもあるけれど、神様に振り回されつつ、チートな仲間たちと一緒にがんばってます！

発行・株式会社　双葉社

ノベルス

魔王様《まおうさま》、リトライ！⑥

2020年9月1日　第1刷発行

著　者　神埼黒音《かんざきくろね》

発行者　島野浩二

発行所　株式会社双葉社

〒162-8540　東京都新宿区東五軒町3番28号
［電話］03-5261-4818（営業）　03-5261-4851（編集）
http://www.futabasha.co.jp/（双葉社の書籍・コミック・ムックが買えます）

印刷・製本所　三晃印刷株式会社

［電話］03-5261-4822（製作部）
ISBN 978-4-575-24314-7 C0093　